Mi primer diccionario de sinónimos y palabras afines

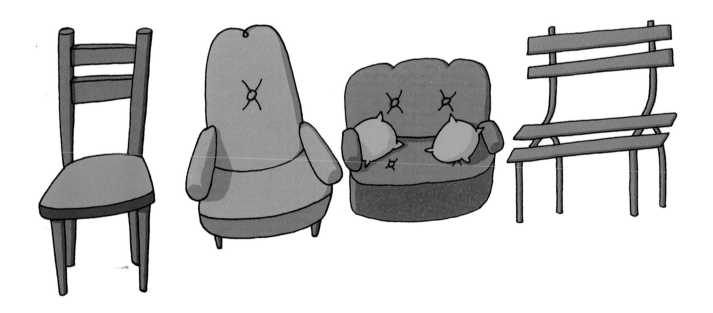

everest

Dirección editorial: Raquel López Varela

Coordinación editorial: Ana Rodríguez Vega

Autora: Carmen Gutiérrez Gutiérrez

Revisión de conceptos: Teresa Mlawer

Revisión ortotipográfica: Eduardo García Ablanedo

Patricia Martínez Fernández

Maquetación: Carmen Gutiérrez Gutiérrez

Ilustraciones: Zocolate

Diseño de cubierta e interiores: Óscar Carballo Vales

©EDITORIAL EVEREST, S.A.
Carretera León-La Coruña, km 5 - León (España)

ISBN: 978-84-241-1215-6
Depósito legal: LE. 325-2008
Printed in Spain - Impreso en España

EDITORIAL EVERGRÁFICAS, S.L.
Carretera León-La Coruña, km 5 - León (España)
www.everest.es
Atención al cliente: 902 123 400

Cómo utilizar este diccionario

Utilizamos los diccionarios los utilizamos para conocer el significado de las palabras que no conocemos.

El caso de *Mi primer diccionario de sinónimos y palabras afines* es un poco especial, porque es de sinónimos (ya sabes que los sinónimos son aquellas palabras que se parecen entre sí porque tienen el mismo significado) y de palabras afines (aquellas palabras que no tienen el mismo significado pero cuya definición se aproxima o está relacionada).

Para que sepas cómo funciona te lo explicaremos de forma breve: las palabras que hemos considerado importantes van a ir en color rojo y son las que vamos a conocer con el nombre de *entrada*: son un poquito más grandes que las palabras que verás en negrita, que son aquellas relacionadas con la principal (subentradas).

Cada palabra que vayas a buscar irá acompañada de unas pequeñas definiciones o explicaciones con su significado. Nosotros hemos intentado que sean fácilmente comprensibles.

De todas formas, en cada una te escribiremos un ejemplo, que aparecerá en cursiva, y la palabra a la que hacen referencia la encontrarás, dentro del ejemplo en color rojo.

Hemos añadido las formas del masculino y del femenino donde es necesario (por ejemplo: apasionado, -da; vivo, -va). Además, vamos a incluir verbos un poco más difíciles; unos serán los verbos pronominales (divertirse) y otros, los preposicionales (desconfiar de). Pero… ¡no te preocupes! Remarcaremos en el ejemplo ambas partes, y así tendrás muy claro cómo funcionan.

En las últimas páginas ponemos a tu disposición un completo índice para que sepas qué palabras puedes encontrar en el diccionario.

También lo hemos llenado de pequeños recuadros con informaciones y curiosidades que posiblemente no conocías, así como poesías, adivinanzas, etc., e incluso graciosas ilustraciones para que te resulte aún más ameno consultar tu nuevo diccionario de sinónimos y de palabras afines.

Editorial Everest

abrazar Rodear con los brazos como muestra de cariño. *Cuando tengo pesadillas, mi papá me abraza para tranquilizarme.*

acariciar Rozar suavemente con la mano como señal de afecto. *Trasto se pone muy contento cuando Matías lo acaricia.*

mimar Tratar a los demás de forma muy cariñosa. *A los niños siempre nos gusta que nos mimen.*

achuchar Abrazar con fuerza. *Mi abuela me achucha tan fuerte que casi no me deja respirar.*

abrigo Prenda de vestir larga, con mangas, que se pone sobre las demás, y que nos protege del frío. *Este abrigo me queda un poco grande.*

chaquetón Prenda de vestir con mangas que nos protege del frío, más corta que el abrigo. *El chaquetón de pana es muy caliente.*

En algunos países, como Argentina, Chile y Uruguay, se llama sobretodo al abrigo.

gabardina Prenda de vestir larga, con mangas y de tejido impermeable. *La gabardina es una prenda muy apropiada para los días de lluvia.*

capa Prenda de vestir larga y sin mangas que se pone sobre los hombros. *Todos los invitados deben acudir a la fiesta vestidos con una capa negra.*

abrir Mover o quitar algo que oculta una cosa o que nos impide entrar en un lugar; también, separar las partes que están juntas. *Cuando comenzó a llover, Bruno abrió su paraguas.*

entreabrir No abrir del todo. *Entreabre solo dos ventanas para que no entre demasiado frío.*

destapar Quitar la tapa, el tapón o cualquier cosa que cierra o tapa algo. *Destapa la cazuela para que el arroz enfríe.*

desenvolver Quitar el papel o envoltura. *No quiero desenvolver los regalos hasta el día de Navidad.*

aburrir Molestar, fastidiar a alguien. También, no tener algo que interese o divierta. *Me aburro mucho si no puedo salir a jugar.*

cansarse de Hacer que alguien se aburra tanto que pierda el interés. *Me canso de escuchar todos los días las mismas canciones.*

hartar Aburrir a alguien hasta que pierda la paciencia. *Tus bromas me están hartando.*

acabar Poner fin a lo que estamos haciendo. *¡Vaya! Se ha acabado el dentífrico.*

completar Hacer algo hasta que lo terminamos totalmente. *Solo me falta una palabra de ocho letras para completar este crucigrama.*

rematar Acabar algo intentando que quede perfecto. *Para rematar su trabajo, el pintor colocó una bonita cenefa de colores.*

agotar Gastar algo hasta que ya no quede nada. *Sus fuerzas se agotaron antes de llegar a la meta.*

deshacerse de Alejarnos de una persona que no nos gusta o de algo que nos molesta. *No sabemos cómo deshacernos de la molesta plaga de cucarachas.*

accidente Algo que no esperamos que suceda y que nos causa daño. *Al bajar las escaleras de mi casa, he tenido un pequeño accidente.*

atropello Cuando un vehículo pasa por encima de una persona o un animal. *Esta mañana, ha habido un atropello en la calle en la que está mi colegio.*

choque Golpe fuerte que se dan dos o más coches, trenes, etc. cuando se encuentran de forma inesperada. *El choque se produjo porque uno de los coches pasó con el semáforo en rojo.*

percance Accidente que produce daños de poca importancia. *Los bomberos terminaron su misión sin sufrir ningún percance.*

aceptar Recibir de buena gana lo que alguien nos ofrece. *Acepta este regalo como prueba de mi amistad.*

recibir Tomar lo que se nos ofrece, aunque no siempre de buena gana. *Recibió con tristeza la noticia de la enfermedad de su abuela.*

admitir Reconocer algo. *Tuvimos que admitir que la visita al museo había sido una bonita experiencia.*

acceder a Mostrarse conforme con que alguien haga algo. *El profesor accedió a que hiciéramos un mercadillo para ayudar a los niños más necesitados de la ciudad.*

acercar Hacer que el espacio o el tiempo que separa a personas o cosas sea más pequeño. *Hanna acerca su cara a la de su hijo para darle un beso.*

arrimar Hacer que dos o más cosas o personas estén más juntas. *Si arrimas más las estanterías, quizá quede espacio para colocar la mesa.*

rozar Acercarnos tanto a algo o a alguien que llegamos a tocarlo ligeramente. *Llegué a rozar la mariposa con la punta de mis dedos.*

actor Hombre que interpreta una obra de teatro, una película, una serie de televisión, etc. *El actor que interpreta a Romeo es muy famoso.*

actriz Mujer que interviene en una obra de teatro, una película, una serie de televisión, etc. *Cuando sea mayor, me gustaría ser actriz y actuar en los mejores teatros del mundo.*

protagonista Actor o actriz que interpreta el papel más importante en una obra de teatro, una película, una serie de televisión, etc.; también, personaje principal de un cuento, una novela, etc. *El protagonista de este cuento es un atrevido conejo.*

acuerdo Decisión tomada por dos o más personas de forma conjunta. *Como todos los vecinos del edificio pensábamos del mismo modo, se alcanzó un acuerdo rápidamente.*

alianza Acuerdo alcanzado por dos o más países. *Varios países han formado una alianza para luchar juntos contra el hambre.*

contrato Acuerdo en el que aparecen las condiciones que deben cumplir las personas que lo firman. *El vendedor y el comprador firmaron un contrato ante el notario.*

adivinar Descubrir por azar algo que no sabíamos; predecir lo que va a suceder. *El vidente asegura que puede adivinar el futuro mirando la forma de las nubes.*

acertar Encontrar la respuesta correcta a una cuestión dudosa.

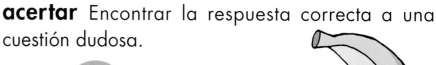

Oro parece
plata no es
el que no lo acierte
bien bobo es.
solución: el plátano

resolver Solucionar un problema mediante el cálculo y la habilidad. *He conseguido resolver la suma correctamente.*

admirar Mostrar respeto y cariño hacia una cosa o a una persona que consideramos extraordinaria por algún motivo. *Admira mucho a Michael Ende y por eso ha leído todos sus libros.*

contemplar Mirar con atención. *¿Te gusta contemplar las estrellas?*

asombrar Sorprenderse ante algo repentino o extraordinario. *A todos nos asombra la sonrisa de Mona Lisa.*

¿Sabías que *Mona Lisa* es la protagonista de un cuadro pintado por el artista italiano Leonardo da Vinci? También se llama *La Gioconda.*

advertir de Informar a alguien de algo por adelantado. *En la torre eléctrica hay un cartel que advierte del peligro.*

alertar Prevenir a alguien para que esté atento. *Los ladridos del perro alertaron a los vecinos de la presencia de los ladrones.*

amenazar Avisar a una persona de que le puede pasar algo malo si no hace lo que debe o lo que nosotros queremos que haga. *Me amenazó con no dejarme ir al circo si no me portaba bien.*

aficionado, -da Persona que muestra interés por alguna actividad. *En mi familia, todos somos muy aficionados al ballet.*

apasionado, -da Que muestra mucho interés por alguna actividad. *Los japoneses son unos apasionados del flamenco.*

hincha Seguidor de algún equipo deportivo. *Los hinchas del Liverpool no causaron ningún problema durante el partido.*

agenda Cuaderno donde apuntamos lo que hay que hacer, números de teléfono, direcciones, etc. *Apunta mi número de teléfono en tu agenda.*

libreta Cuaderno pequeño para tomar notas. *Si quieres, te presto mi libreta para que anotes la lista de la compra.*

lunes 23 de febrero
Hola amigo diario:
hoy he tenido un
día muy bueno
porque es mi
cumpleaños.
Para celebrarlo
hemos organizado
una fiesta de
disfraces

y ha sido muy
divertido.
He tenido muchos
regalos.

diario Cuaderno para anotar lo que nos sucede cada día. *Cierro mi diario con su llave para que mi hermano no lo lea.*

Chévere es una palabra muy utilizada en Hispanoamérica y significa lo mismo que agradable.

agradable Que hace que estemos a gusto. *Hemos pasado un agradable día en la playa.*

encantador, -ra Persona que nos causa muy buena impresión. *Nico es encantador.*

cariñoso, -sa Persona o animal que siempre nos da muestras de afecto. *La enfermera es siempre cariñosa con los enfermos.*

agradar Hacer algo que nos gusta o que gusta a otras personas. *A Lina le agrada pasear por la orilla del mar.*

complacer Estar contentos con algo que nos gusta a nosotros o a los demás. *Intento siempre complacer a mis padres.*

satisfacer Resultar algo bueno o suficiente para nosotros o para otros. *Me satisface que la ganadora del concurso de poesía sea una alumna de nuestro colegio.*

gustar Cuando una persona o una cosa nos parece atractiva, bonita o agradable. *El helado que más me gusta es el de chocolate con nata.*

agricultor, -ra Persona que cultiva la tierra. *Los primeros agricultores cultivaban trigo y cebada.*

campesino, -na Persona que vive en el campo y que lo trabaja. *Los campesinos se reúnen bajo una encina para tomar su almuerzo.*

granjero, -ra Persona que tiene una granja o trabaja en ella. *El granjero enseña a su hija a cuidar de los animales.*

ganadero, -ra Persona que cría rebaños de ganado, es decir, animales que se alimentan de pasto, como vacas, ovejas, cabras… para vender su carne o su leche. *Los ganaderos están preocupados porque hay muchas vacas enfermas.*

agrio, -gria Aquello que, al olerlo o probarlo, resulta ácido, áspero. *Los limones tienen un sabor agrio.*

amargo, -ga Lo que tiene un sabor fuerte y desagradable. *No me gusta este jarabe porque es amargo.*

avinagrado, -da Que tiene un sabor o un olor muy agrio y fuerte, como el del vinagre. *Este detergente tiene un olor avinagrado.*

aguantar Aceptar con paciencia algo que nos resulta pesado o desagradable. *No sé cómo puedes aguantar este calor tan sofocante.*

tolerar Admitir y respetar lo que hacen los demás aunque no estemos de acuerdo. *Siempre hay que tolerar y respetar las opiniones de los demás.*

conformarse con Aceptar algo que no es bueno sin oponerse. *Aída se conforma con poder participar en la carrera aunque no consiga ganar.*

alargar Hacer que algo tenga más longitud, sea más grande o dure más tiempo. *Esta falda me queda corta, ¿se podría alargar?*

estirar Hacer que algo sea más largo tirando con fuerza de sus extremos. *¿Quién ha estirado las mangas de mi jersey?*

extender Hacer que algo ocupe más espacio que el que antes ocupaba. *Extiende bien el mantel para que cubra toda la mesa.*

alegre El que siente o provoca alegría, que es un sentimiento producido por algo agradable. *Nora es una niña muy alegre, siempre está sonriendo.*

feliz El que está muy alegre porque no hay nada que pueda entristecerle. *El día de su cumpleaños, Simón se encontraba feliz porque estaba con sus amigos.*

vivo, -va Algo que tiene colores muy alegres e intensos. *Este verano, están de moda los vestidos con colores muy vivos.*

alejar Poner algo o a alguien lejos o más lejos de lo que está. *El barco se aleja poco a poco en el mar.*

apartar Quitar algo o a alguien del lugar en el que está. *Apártate hacia un lado para que pueda pasar.*

retirar Poner algo o a alguien lejos de nuestra vista. *Por favor, retira de mi vista esa lagartija, ya sabes que no me gustan nada los reptiles.*

irse Marcharse, alejarse de un lugar. *Como el terreno de juego estaba inundado, todos los futbolistas se fueron.*

alimento Los alimentos son las comidas y bebidas que el hombre y los animales toman para poder vivir. *El alimento que más gusta a los osos es la miel.*

bocado Cantidad pequeña de alimentos. *Como tenía prisa, solo tomó un bocado antes de irse al trabajo.*

ración Cantidad de comida que se reparte a cada persona. *Normalmente, la ración de los niños es menor que la de los adultos.*

comilona Comida muy abundante y con variedad de alimentos. *He preparado una comilona para invitar a mis amigos.*

almohada Funda de tela, normalmente de forma alargada, rellena de un material blando y mullido, en la que apoyamos la cabeza cuando estamos en la cama. *El Ratón Pérez busca el diente de Abigail debajo de su almohada.*

cojín Bolsa de tela rellena de algo blando, casi siempre cuadrada y más pequeña que la almohada; lo utilizamos para sentarnos o para apoyar los pies o la espalda más cómodamente. *El gato de Fred duerme sobre un cojín.*

almohadilla Cojín pequeño que usamos cuando tenemos que sentarnos en asientos muy duros, como los de las plazas de toros o los campos de fútbol. *Los aficionados se enfadaron con su equipo y lanzaron sus almohadillas al campo.*

alto, -ta Lo que tiene mucha estatura. *La torre de la catedral es tan alta que se ve desde cualquier punto de la ciudad.*

Cuernecillo de canela,
orejas de pico largo
y su cuello es rascacielo
alto, alto más que alto.

Salvador de Toledo

elevado, -da Lo que está colocado a una altura superior. *Se construirá un puente elevado para que se puedan admirar las cataratas desde arriba.*

crecido, -da Cuando algo aumenta de tamaño o estatura. *¡Qué crecido está este niño! Si casi mide ya tanto como su padre.*

alumno, -na Persona que recibe las enseñanzas de un profesor. *El profesor de Plástica va a llevar a sus alumnos al Museo del Prado.*

estudiante Persona que estudia en un centro de enseñanza: colegio, instituto, etc. *Tres estudiantes de secundaria han representado un cuento en el colegio.*

aprendiz, -za Persona que está aprendiendo algo, especialmente un oficio. *Mi padre ha contratado a un aprendiz para enseñarle el oficio de ebanista.*

amable Persona que trata a los demás de forma agradable. *Eres muy amable por ayudarme a estudiar el próximo examen.*

educado, -da Persona que siempre muestra buenos modales, trata con respeto a los demás y cuida las cosas. *Isabel ayuda a cruzar la calle a una persona ciega porque es una niña muy educada.*

sociable Persona a la que gusta relacionarse con otras personas. *Edgar es muy sociable, siempre habla con todo el mundo.*

amanecer El amanecer es el momento en que comienza a aparecer la luz del día. *Este taxista trabaja desde que anochece hasta el amanecer.*

alba Claridad que ilumina el cielo antes de que empiece a asomar el sol en el horizonte. *La luz del alba tiene muy poca intensidad.*

¿Sabías que la aurora polar es una especie de estela de luces de colores que se observa cerca de los polos?

aurora Luz rosada que se ve justo antes de salir el sol. *Algún día me gustaría ver la aurora polar.*

amar Amar es querer a una persona con la que nos gustaría estar todo el tiempo. *En la película, Bestia amaba a Bella pero no se atrevía a confesarlo.*

apreciar a Sentir cariño hacia una persona. *Aprecio a mis vecinos porque son muy cariñosos.*

adorar a Sentir mucho cariño hacia algo o alguien. *Adoro a mi tía Paula porque me cuenta divertidas historias.*

Ya sabes lo que te digo:
Si tú tienes un amigo,
eres rico, rico, rico.

Gloria Fuertes

amigo, -ga Persona a la que tenemos mucho cariño y confianza. *Álex es mi mejor amigo.*

compañero, -ra Persona que comparte con otra una actividad o un oficio. *Mis compañeros y yo ganamos el campeonato.*

novio, -via Persona que sale con otra porque la quiere. *Carolina y David son novios.*

amor Cariño muy fuerte hacia personas o animales. *Elia siente gran amor por su mascota.*

cariño Afecto que podemos sentir por algo o alguien. *Chispa y Rufo se tienen mucho cariño.*

simpatía Aprecio por algo o por alguien que nos resulta agradable. *Nadie siente simpatía por las personas mentirosas.*

ancho, -cha Decimos que algo es **ancho** cuando su medida horizontal es superior a la normal. *Como mi mesa nueva es muy ancha, podré poner en ella el ordenador.*

espacioso, -sa Que tiene mucha extensión, que es muy amplio. *Haremos la fiesta en el gimnasio porque es más espacioso que el salón de actos.*

holgado, -da Cuando hablamos de una prenda de vestir o un calzado que es demasiado grande para la persona que lo va a utilizar. *El vestido de Alba es demasiado holgado.*

andar Andar es moverse dando pasos. *Los hombres de la Prehistoria no andaban tan erguidos como nosotros.*

caminar Recorrer un trayecto andando. *Me gusta ir al colegio caminando.*

pasear Andar porque nos divierte o porque queremos hacer ejercicio. *Iván pasea a su perro mientras Hugo corre a gran velocidad.*

correr Andar muy rápidamente y con mucho impulso. *El atleta mexicano corrió tan rápido que consiguió batir el récord.*

animal Ser vivo que siente y puede moverse por sí mismo. *Si tienes animales, tienes que cuidarlos porque son seres vivos.*

mascota Animal de compañía por el que sentimos un cariño especial. *Algunas personas tienen mascotas un poco raras: cerdos, serpientes, etc.*

animal doméstico Animal que el hombre cría para que le haga compañía o para que le sirva de alimento. *En mi casa tenemos varios animales domésticos: gallinas, conejos, un perro y dos gatos.*

animal salvaje Animal que vive libremente en la naturaleza. *En el zoológico pudimos ver animales salvajes de todos los continentes.*

antiguo, -gua Lo que existe desde hace mucho tiempo. *El hombre antiguo se cubría el cuerpo con pieles de animales.*

viejo, -ja Que tiene muchos años. *La casa de los abuelos es muy viejo.*

anciano, -na Persona de mucha edad. *Hay que ser pacientes con los ancianos.*

anticuado, -da Lo que es propio de épocas pasadas, que está pasado de moda. *No me quiero poner este abrigo porque está muy anticuado.*

aprender Llegar a saber cosas que no sabíamos porque las estudiamos o porque las practicamos. *Ya he aprendido el nombre de todos los planetas.*

estudiar Leer, observar o escuchar algo con atención para entenderlo bien y aprenderlo. *Tengo que estudiar estas tres lecciones para el examen del viernes.*

educar Aprender muchas cosas y también saber comportarnos. *Nuestros padres nos educan para que seamos buenas personas.*

armario Mueble con puertas y cajones para guardar objetos. *En mi armario guardo todos mis juguetes.*

ropero Armario donde se guarda la ropa. *En este ropero no cabe nada más.*

armario empotrado Armario construido aprovechando un hueco entre paredes. *Vamos a montar un armario empotrado en mi cuarto.*

arreglar Hacer que algo que está estropeado vuelva a funcionar. *El fontanero arreglará la tubería.*

restaurar Reparar algo que se ha deteriorado, como una obra de arte o un mueble antiguo. *Están restaurando las pinturas más deterioradas de la iglesia.*

corregir Señalar lo que está mal y cambiarlo por la forma correcta. *Tengo que corregir la redacción porque tiene tres faltas de ortografía.*

ascensor Cabina que sirve para subir y bajar de unos pisos a otros en un edificio. *En el ascensor de mi casa caben solo tres personas.*

En algunos países de Hispanoamérica se llama elevador al ascensor.

montacargas Ascensor que se usa para subir y bajar objetos pesados de unos pisos a otros. *El montacargas del hotel está estropeado.*

asegurar Decir algo con total certeza. *El empleado del servicio de correos me aseguró que recibirías el paquete hoy.*

prometer Cuando una persona asegura que va a hacer algo. *El alcalde prometió que iba a poner farolas nuevas en toda la ciudad.*

garantizar Dar seguridad de que algo es cierto, está bien o se va a cumplir. *Te garantizo que estos mejillones son muy frescos.*

a b c d e f g h i j k l m n ñ o p q r s t u v w x y z

asiento Un asiento es un mueble o un lugar que sirve para sentarse. *Esta mañana, el autobús iba muy lleno y no quedaban asientos libres.*

silla Asiento con respaldo y cuatro patas donde se sienta una sola persona. *Acerca bien la silla a la mesa para que puedas sentarte mejor.*

sillón Asiento para una sola persona con respaldo y brazos, y más cómodo que una silla. *Los sillones que hemos comprado no son demasiado cómodos.*

sofá Asiento blando y cómodo para más de una persona, con respaldo y brazos. *Me gusta dormir la siesta en el sofá.*

banco Asiento duro para más de una persona, con o sin respaldo y, a veces, con brazos. *En los bancos del parque se sientan muchos ancianos a leer el periódico.*

espabilado, -da Persona lista y hábil. *Como es una niña muy espabilada, Dora aprendió a leer muy pronto.*

pícaro, -ra Persona que engaña muy fácilmente a las demás. *En la novela El Lazarillo de Tormes se cuenta la vida de un pícaro.*

asustar Causar miedo a alguien o sentirlo nosotros. *Alejandro se ha disfrazado de fantasma para asustarnos.*

sobresaltarse Asustarse por algo que aparece de repente. *Todos nos sobresaltamos cuando vimos aparecer un caballo en medio de la carretera.*

atemorizar Causar temor o inquietud a alguien o sentirlo nosotros. *Aquel perro tan fiero atemoriza a los niños.*

aterrorizar Causar un miedo muy intenso a alguien, o sentirlo uno mismo. *El tren de la bruja aterroriza a los niños más pequeños.*

atento, -ta Que presta atención a algo. *El profesor de inglés nos exige que estemos muy atentos a sus explicaciones.*

vigilante Que observa con mucha atención a personas o cosas para cuidar de ellas. *Los vigilantes del supermercado cuidan de que no se produzcan robos.*

observador, -ra Que se fija en todo lo que ocurre a su alrededor y se da cuenta de más cosas que los demás. *Marina es muy observadora.*

avión Vehículo que vuela, con alas y de uno a cuatro motores. *El avión sobrevuela las montañas con gran precisión.*

avioneta Avión pequeño y con motor de poca potencia. *Una avioneta vuela sobre los montes para descubrir los incendios.*

helicóptero Vehículo que vuela gracias a una hélice muy grande que tiene en la parte de arriba. *El piloto hizo aterrizar el helicóptero en la azotea del edificio con mucha seguridad.*

ayudar Prestar nuestro apoyo y nuestro esfuerzo a alguien para que haga algo mejor o más rápido. *¿Me puedes ayudar a ordenar mi cuarto?*

socorrer Ayudar a alguien que está en peligro. *En la piscina, tuvieron que socorrer a un niño que se cayó al agua.*

colaborar Trabajar con otras personas para realizar una tarea. *Vamos a hacer un gran mural para la clase y todos los alumnos debemos colaborar.*

patrocinar Apoyar, normalmente con dinero, a una persona o una actividad. *El concierto que ofrecerá el coro será patrocinado por el centro comercial.*

baile Movimiento que hacemos con el cuerpo, los brazos y los pies siguiendo el ritmo de una música. *El tango es un baile muy famoso en Argentina.*

danza Baile que forma parte de la cultura de un determinado lugar o que tiene valor artístico. *La compañía nacional de danza va a actuar en nuestra ciudad el próximo verano.*

ballet Danza representada por un grupo de bailarines sobre un escenario y que suele contar una historia. *Mi profesora de ballet piensa que aún debo perfeccionar mis giros.*

bajar Ir a un lugar que está más bajo; también, poner algo en un lugar más bajo. *Baja las escaleras más despacio.*

agacharse Encoger el cuerpo hacia abajo. *Como la valla era demasiado alta para él, Teo se agachó y pasó por debajo.*

desmontar Bajarse de un caballo, de una bicicleta, etc. *Se le pinchó la rueda y tuvo que desmontar de la bicicleta.*

balancear Mover algo inclinándolo de un lado a otro continuamente. *No balancees el plato o se caerá la sopa.*

columpiar Balancear a alguien en un columpio. *Colúmpiame más fuerte.*

mecer Balancear suavemente. *Anabel se duerme cuando su papá mece la cuna.*

bañar Meter nuestro cuerpo en el agua para lavarnos o para refrescarnos. *¡Qué baño tan refrescante!*

duchar Dejar caer chorros finos de agua sobre nuestro cuerpo para lavarnos o refrescarnos. *Me gusta ducharme con agua fría.*

nadar Meter nuestro cuerpo en el agua y desplazarnos por ella moviendo los brazos y las piernas. *Estoy aprendiendo a nadar.*

bar Local donde se sirven bebidas, a veces con algún aperitivo, que suelen tomarse de pie. *Mi padre se reunió con sus amigos en el bar para ver el partido.*

cafetería Local donde se sirve café y otras bebidas, y también algunas comidas, que los clientes suelen tomar sentados. *En la cafetería, tomamos un zumo y un sándwich.*

restaurante Local donde se sirven y se consumen comidas. *El domingo comimos en el restaurante nuevo que han abierto en la Plaza Mayor.*

barato, -ta Que cuesta poco dinero. *En esta tienda la ropa es más barata.*

rebajado, -da Algo cuyo precio ha sido reducido. *Esta camisa está muy rebajada.*

ganga Lo que se consigue por mucho menos dinero del que cuesta normalmente. *Comprar un coche bueno tan barato es una ganga.*

barba Pelo que nace debajo de la boca y en las mejillas de una persona. *A Beti le gusta tocar la barba de su abuelo.*

bigote Pelo que nace sobre el labio superior. *El bigote no te queda bien.*

perilla Pelo que se deja crecer en la punta de la barbilla. *Con la perilla pareces mayor.*

barco Vehículo que flota en el agua y que transporta personas o mercancías. *¿Sabes hacer barcos de papel?*

velero Barco de vela que aprovecha la fuerza del viento. *Hoy saldremos a navegar en el velero.*

La bella estrellita
de mar se ha perdido.
Nadando, nadando
encontró un amigo.
Hola marinero,
yo seré la estrella
que guíe el velero.

Carmen Martín Anguita

barca Embarcación pequeña que se usa para navegar cerca de la costa o para atravesar un río. *Los pescadores no saldrán con sus barcas porque hay un fuerte temporal.*

buque Barco grande que, por su tamaño, se usa para grandes travesías. *El buque va cargado de petróleo.*

basura Lo que tiramos porque ya no sirve. *Después de comer en el campo, recogimos toda la basura.*

desperdicios Restos de algo que hemos usado que no se pueden aprovechar. *No tires los desperdicios de la comida en el contenedor para el papel.*

escombro Restos de materiales que quedan de una obra, de un derribo, etc. *Tras derribar el edificio, la calle estaba llena de escombro.*

beber Tomar un líquido. *El médico dice que tengo que beber mucha agua.*

tomar Comer o beber. *Para merendar, tomamos chocolate con churros.*

sorber Beber un líquido aspirando. *Olga sorbe el refresco con una pajita.*

bello, -lla Persona con un aspecto muy agradable y proporcionado; también, lo que resulta agradable a la vista o al oído. *El violinista interpretó bellas melodías.*

precioso, -sa Persona o cosa muy bella. *Este libro tiene una portada preciosa.*

elegante Lo que tiene gracia, distinción y buen gusto. *Para ir a la ópera, tienes que ponerte un vestido muy elegante.*

bien Cuando se hace algo de la manera adecuada. *Pórtate bien y nadie se enfadará.*

perfectamente Cuando algo está tan bien que ya no se puede mejorar porque no tiene ningún defecto. *Me encuentro perfectamente.*

correctamente Cuando se hace algo sin ningún error ni fallo. *Marco y Lisa cruzan la calle correctamente.*

bolígrafo Instrumento para escribir que tiene en su interior un tubo fino de tinta. *Para corregir, mi profesor utiliza el bolígrafo rojo.*

Usa ropa
de madera.
Cuello fuerte
de latón.
Y sombrerito
de goma,
mi lápiz
con borrador.

Morita Castillo

pluma Instrumento para escribir que antes era una pluma de ave que se mojaba en tinta y que ahora es parecido al bolígrafo, pero con una punta especial. *Si escribo con la pluma, la letra me sale más bonita.*

lapicero Instrumento para escribir que tiene en su interior una barrita de grafito, que se afila cuando se gasta. *En el estuche solo llevo el lapicero y la goma.*

bolsa Especie de saco de papel o plástico, con asas, que sirve para llevar o guardar cosas. *Siempre ayudo a mis padres a llevar las bolsas de la compra.*

bolso Bolsa de piel o de tela que se lleva colgada del hombro o en la mano y en la que se guardan objetos personales. *Me han regalado un bonito bolso para llevar la cartera, la agenda y las llaves.*

maleta Especie de caja de piel, o de otro material resistente, con asa, para guardar la ropa cuando hacemos un viaje. *Mi maleta tiene ruedas.*

mochila Bolsa de tela o piel que tiene correas para ser cargada a la espalda y en la que se llevan los libros del colegio, la comida cuando se va de excursión, etc. *Mi mochila pesa demasiado porque llevo muchos libros.*

bosque Terreno extenso en el que hay muchos árboles y muchos arbustos. *En otoño, el bosque de hayas se cubre de hojas rojas.*

sabana Terreno llano y extenso cubierto de hierba muy alta y algunos árboles. *La sabana es el lugar donde viven leones, elefantes, jirafas, leopardos, etc.*

pradera Terreno llano y extenso cubierto de hierba. *En las praderas de Estados Unidos hay muchos bisontes.*

selva Terreno extenso con grandes árboles y con muchas plantas que crecen enredándose unas con otras. *Las copas de los árboles de la selva son tan espesas que, a veces, impiden que la lluvia llegue al suelo.*

desierto Terreno cubierto de arena donde apenas hay plantas porque no llueve casi nunca. *La vida en el desierto es muy dura por el sofocante calor y la escasez de agua.*

tundra Terreno llano casi sin plantas y helado gran parte del año que se encuentra en lugares muy fríos. *El suelo de la tundra está cubierto de musgos y líquenes.*

brillar Emitir mucha luz, resplandecer. *La niebla no permite que el sol brille.*

lucir Dar luz. *Hay que cambiar esta bombilla porque luce poco.*

deslumbrar Cuando algo emite una luz tan intensa que nos ciega durante un instante. *Las luces del coche que circulaba de frente deslumbraron al conductor.*

bueno, -na Persona que se porta bien con los demás; también, algo útil o conveniente. *El sol es bueno para los huesos.*

aceptable Que es lo suficientemente bueno para ser aceptado. *Habla inglés de un modo aceptable.*

mejor Que es el más bueno o más bueno que otro. *Este piso es el mejor de todo el edificio porque tiene mucha luz.*

magnífico, -ca Que es muy bueno. *Aunque no ganó, el equipo jugó un partido magnífico.*

Érase una vez
un lobito bueno,
al que maltrataban
todos los corderos.

José Agustín Goytisolo

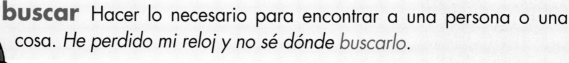

buscar Hacer lo necesario para encontrar a una persona o una cosa. *He perdido mi reloj y no sé dónde buscarlo.*

investigar Buscar información para descubrir algo que se desconoce. *El detective investiga las pistas para resolver el caso.*

navegar Buscar información en internet u otra red informática. *Navegar por internet es muy interesante.*

caballo Animal de cabeza alargada y cuatro patas terminadas en cascos que se utiliza como animal de tiro o para montar en él. *La cría del caballo se llama potro.*

yegua Hembra del caballo. *La yegua marrón es la más joven de todas las que están en el establo.*

burro Animal parecido al caballo, aunque más pequeño, que se utilizaba como animal de carga y de tiro. *El burro tiene las orejas largas.*

mulo Cría de un caballo y una burra o de un burro y una yegua. *El mulo puede arrastrar cargas pesadas.*

corcel Caballo ligero, veloz y con buena presencia. *Don Quijote creía montar un elegante corcel llamado Rocinante.*

a b c d e f g h i j k l m n ñ o p q r s t u v w x y z

caer Ir algo o alguien hacia el suelo por su peso o porque pierde el equilibrio; también, desprenderse algo del lugar donde estaba. *Ya empiezan a caer las hojas de los árboles.*

tropezar Pisar algo o enredarnos con ello de forma que pueda hacernos caer al suelo. *Ya he tropezado dos veces en la misma piedra.*

resbalar Deslizarnos sin querer por una superficie perdiendo, normalmente, el equilibrio. *¡Cuidado! El suelo está mojado y puedes resbalar.*

caliente Que tiene una temperatura más alta de lo normal. *La leche está demasiado caliente y me ha quemado la lengua.*

templado, -da Que está en un término medio, ni frío ni caliente. *Los suelos de madera se limpian con agua templada y un detergente suave.*

cálido, -da Que da calor. *Esta manta es muy cálida.*

sofocante Que da tanto calor que produce sensación de ahogo. *Había tanta gente en la sala que el ambiente era sofocante.*

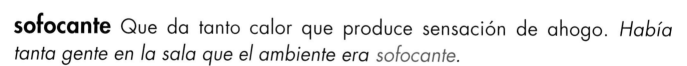

calle En un pueblo o en una ciudad, camino que está entre las casas. *Las calles de mi ciudad están muy limpias.*

avenida Calle ancha de una ciudad, normalmente con árboles a los lados. *Las palmeras de la avenida dan una sombra muy agradable.*

calleja Calle corta y estrecha. *Esta calleja es muy estrecha y los coches no pueden pasar.*

calzado Lo que usamos para cubrir y proteger los pies. *Las tiendas donde venden calzado se llaman zapaterías.*

zapato Calzado para salir a la calle, que no pasa del tobillo. *Ya sé atar los cordones de los zapatos.*

zapatilla Calzado cómodo que se usa para estar en casa o para hacer deporte. *Para estar en casa me pongo mis zapatillas.*

Dos hermanitos,
muy igualitos,
que llegando a viejos
sacan los deditos.
SOLUCIÓN: los zapatos

sandalia Calzado que se usa en verano porque deja gran parte del pie al aire. *Con este vestido te quedarían muy bien unas sandalias azules.*

bota Calzado que cubre el pie y parte de la pierna; también, calzado que se usa para practicar algunos deportes, como el fútbol. *Deja las botas junto a la chimenea para que se calienten.*

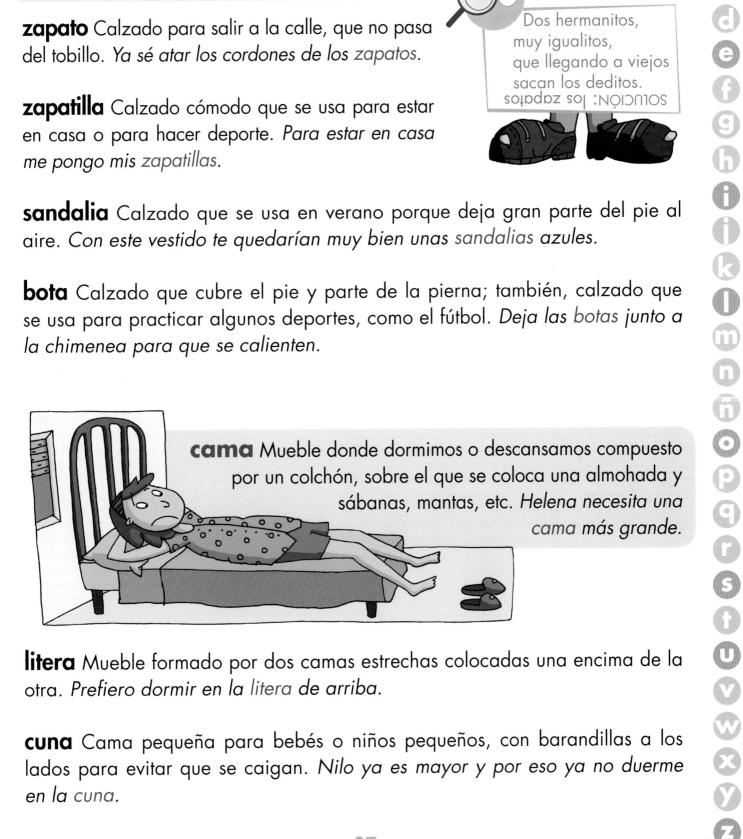

cama Mueble donde dormimos o descansamos compuesto por un colchón, sobre el que se coloca una almohada y sábanas, mantas, etc. *Helena necesita una cama más grande.*

litera Mueble formado por dos camas estrechas colocadas una encima de la otra. *Prefiero dormir en la litera de arriba.*

cuna Cama pequeña para bebés o niños pequeños, con barandillas a los lados para evitar que se caigan. *Nilo ya es mayor y por eso ya no duerme en la cuna.*

cansado, -da El que se siente débil después de haber hecho alguna actividad o algún esfuerzo. *Me voy a la cama porque estoy cansado.*

fatigado, -da Cuando, después de hacer un esfuerzo, se tiene dificultad para respirar. *El corredor estaba muy fatigado y no pudo llegar a la meta.*

agotado, -da El que está tan cansado que siente que ya no tiene fuerzas. *He jugado tanto en el recreo que estoy agotado.*

cantar Formar con la voz sonidos musicales que unas veces son palabras y otras no. *En el concurso de la televisión gana el que cante mejor.*

¿Dónde están las llaves?
Matarile-rile-rile,
¿dónde están las llaves?
Matarile-rile-ron,
chispón.

entonar Cantar con el tono correcto. *Esta canción es muy difícil, no consigo entonarla bien.*

silbar Emitir un sonido, que puede ser musical o no, haciendo pasar el aire con fuerza entre los labios. *El cartero se fue silbando una canción.*

caro, -ra Que cuesta mucho dinero. *Este ordenador es muy potente y no es demasiado caro.*

costoso, -sa Lo que cuesta mucho dinero o mucho esfuerzo. *Ser admitido en la Escuela de Música ha sido costoso, pero ha merecido la pena.*

valioso, -sa Persona o cosa muy estimada porque la consideramos buena o útil para algo. *Mi madre me ha regalado un reloj muy valioso que había pertenecido a mi abuela.*

casa Edificio donde vivimos, que puede ser de una o varias plantas. *Todas las casas de esta calle tienen tres plantas.*

piso Cada una de las viviendas en que se divide una casa de varias plantas. *Mis abuelos se han comprado un piso desde el que se ve la catedral.*

chalé Casa con jardín de una o pocas plantas en la que vive una sola familia. *Mónica me ha invitado a pasar el día en su chalé.*

chalé adosado Chalé unido a otros con los que comparte las paredes laterales. *Todos los chalés adosados están habitados excepto el número 4.*

chabola Vivienda pequeña y en malas condiciones. *Las autoridades han decidido derribar todas las chabolas de los barrios periféricos.*

cerrar Poner lo que impida el paso a un lugar o lo que oculte algo; también, juntar las partes que están separadas. *Después de oír la nana, Frida cerró los ojos y se durmió.*

tapar Cubrir poniendo algo encima. *No te tapes tanto con las mantas porque vas a pasar demasiado calor.*

vallar Cerrar el paso a un lugar rodeándolo con vallas. *Vallarán la finca para que no se pueda pasar.*

abrochar Cerrar una camisa, una chaqueta, un abrigo, etc., con botones u otros cierres. *No puedo abrochar la chaqueta.*

chaqueta Prenda de vestir con mangas, abierta por la parte delantera, con botones o cremallera y que se pone sobre otras prendas. *Estoy haciendo una chaqueta de lana azul para mi muñeca.*

jersey Prenda de vestir de punto, cerrada, aunque puede llevar botones o cremallera, y con mangas. *Me gustan los jerseys de cuello alto.*

chaleco Prenda de vestir abierta o cerrada, sin mangas, y que se pone sobre la camisa. *El chaleco es una prenda muy cómoda.*

americana Chaqueta de tela, con solapas y botones. *El traje está compuesto de una americana de color negro y un pantalón del mismo color.*

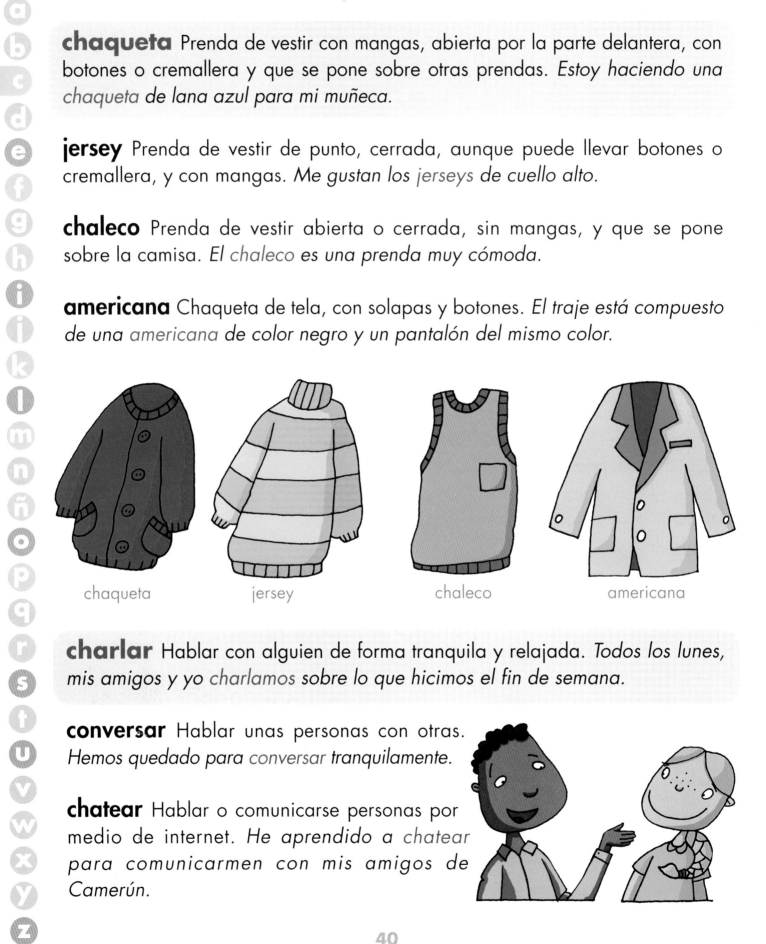

chaqueta   jersey   chaleco   americana

charlar Hablar con alguien de forma tranquila y relajada. *Todos los lunes, mis amigos y yo charlamos sobre lo que hicimos el fin de semana.*

conversar Hablar unas personas con otras. *Hemos quedado para conversar tranquilamente.*

chatear Hablar o comunicarse personas por medio de internet. *He aprendido a chatear para comunicarmen con mis amigos de Camerún.*

chiste Dicho breve y gracioso que intenta hacernos reír. *Este chiste es muy divertido.*

broma Lo que se le dice o se le hace a una persona para reírse de ella pero sin intención de ofenderla. *No te enfades, solo pretendía gastarte una broma.*

burla Lo que se le dice o se le hace a una persona para ponerla en ridículo. *Se ha cambiado de colegio porque no soporta más burlas.*

ciudad Lugar con edificios muy grandes y muchos habitantes. *Me gusta pasear por la ciudad a primera hora de la mañana.*

capital Ciudad principal de un país, donde está el gobierno; también, ciudad principal de una comunidad autónoma, una provincia, una región. *La capital de España es Madrid.*

pueblo Lugar más pequeño que la ciudad, con casas más pequeñas y con menos habitantes. *Los abuelos de Jonás viven en el pueblo.*

claro, -ra Que recibe o tiene mucha luz. *Han trasladado al enfermo a una habitación más clara y espaciosa.*

transparente Lo que deja pasar la luz y ver lo que hay detrás. *Nos bañamos en una playa de aguas transparentes y cristalinas.*

despejado, -da Cuando hablamos del cielo o del día, que no tiene nubes. *El cielo está despejado y se ven muchas estrellas.*

club Asociación de personas que se reúnen en un lugar para realizar actividades deportivas o culturales. *El club Amigos de los Libros pretende que todos los niños lean.*

asociación Grupo de personas que tienen cosas en común. *La asociación de padres ha organizado una excursión para el próximo sábado.*

peña Grupo de personas que se unen para participar en fiestas populares o en actividades relacionadas con un equipo deportivo. *Dos peñas acompañan al grupo en su desplazamiento a París.*

cobarde Persona que no tiene valor para enfrentarse al peligro. *Se portó como un cobarde porque me insultó y después se escondió.*

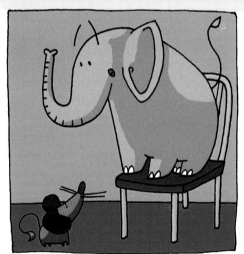

miedoso, -sa Persona que se asusta ante personas o cosas que cree que pueden hacerle daño. *Aunque es muy grande, el elefante es muy miedoso.*

apocado, -da Persona poco atrevida, que hace las cosas sin decisión o con miedo. *Fernando es muy apocado y nunca se atreve a participar en clase.*

cocinar Preparar los alimentos para poder comerlos. *Los sábados me gusta cocinar las recetas que enseña el cocinero de la tele.*

freír Cocinar un alimento en aceite caliente durante un determinado tiempo para poder comerlo. *Para freír patatas, el aceite tiene que estar muy caliente.*

asar Cocinar un alimento poniéndolo directamente al fuego, o en un horno caliente. *He comprado un horno más grande para poder asar el cordero.*

colegio Centro donde se enseña a niños y jóvenes. *No todos los niños tienen la suerte de ir al colegio.*

guardería Lugar donde se cuida y atiende a los niños pequeños que todavía no van a la escuela. *A Tina le gusta ir a la guardería porque juega con otros niños.*

escuela Centro donde los niños estudian la enseñanza primaria. *En la escuela nos enseñan a leer, escribir, sumar, restar...*

instituto Centro donde se estudia la enseñanza secundaria. *Necesitaré una mochila más grande para ir al instituto.*

universidad Centro de enseñanza donde se cursan los estudios superiores y donde se hacen trabajos de investigación. *El profesor piensa que, si sigo estudiando así, podré ir a la universidad en septiembre.*

Había una vez una vaca
en la Quebrada de Humahuaca.
Como era muy vieja, muy vieja,
estaba sorda de una oreja.
Y a pesar de que ya era abuela
un día quiso ir a la escuela.

María Elena Walsh

comer Tomar los alimentos. *Antes de comer, hay que lavarse las manos.*

devorar Comer muy deprisa y con ansiedad. *El águila atrapó al conejo y lo devoró con rapidez.*

zampar Comer mucho y muy deprisa. *No te zampes más galletas, que ya llevas cinco.*

engullir Tragar la comida muy rápido y sin masticar. *Como engulle la comida, siempre tiene dolor de estómago.*

comida Llamamos comida a los alimentos en general; en algunos países, la comida es también la ración de alimentos que tomamos a mediodía; sin embargo, en otros, estos alimentos se llaman almuerzo. *Antes de cada comida, me lavo las manos y después, los dientes.*

desayuno Primera comida del día, que tomamos al levantarnos. *Es importante hacer un buen desayuno para tener fuerza todo el día.*

merienda Comida ligera que ingerimos por la tarde. *Mi papá me ha preparado un bocadillo de jamón para la merienda.*

cena Última comida del día, que tomamos por la noche. *Después de la cena me gusta tomar un vaso de leche caliente.*

cómodo, -da Decimos que algo es cómodo si hace que estemos a gusto. *Estos zapatos son muy cómodos, aunque camine mucho no me canso.*

acogedor, -ra Lugar muy agradable y cómodo, donde apetece quedarse. *Tu casa resulta acogedora porque es luminosa y está muy bien decorada.*

hospitalario, -ria Persona que se muestra muy amable con las personas que van a su casa. *En este pueblo son muy hospitalarios: reciben a los visitantes con los brazos abiertos.*

complicado, -da Que nos resulta difícil de entender o de hacer. *No puedo resolver este sudoku porque es demasiado complicado para mí.*

¿Serás capaz de aprender este complicado trabalenguas?

Pepe Pecas pica papas con un pico, con un pico pica papas Pepe Pecas. Si Pepe Pecas pica papas con un pico, ¿dónde está el pico con que Pepe Pecas pica papas?

confuso, -sa Que nos resulta difícil porque no está planteado con claridad. *No se sabe bien lo que ha ocurrido porque las noticias son confusas.*

trabajoso, -sa Que es difícil de hacer porque exige mucho esfuerzo. *Adornar el árbol de Navidad es muy trabajoso porque hay que colocar muchas luces y bolas.*

conocido, -da Persona a la que conoce mucha gente. *Como es conocido, todos los niños quieren hacerse fotos con él.*

popular Que es conocido y apreciado por el público en general. *El alcalde es muy popular entre los habitantes de la ciudad porque ha construido una biblioteca y una piscina climatizada.*

famoso, -sa Que es muy conocido y, a menudo, admirado. *El dúo Two Magicians es muy famoso y sus conciertos siempre están llenos de seguidores.*

ilustre Persona conocida por ser brillante en su trabajo. *Mi tío es un ilustre profesor en una universidad italiana.*

contar Decir o dar a conocer un hecho, que puede ser real o imaginario; también, numerar la cantidad de personas o cosas para saber cuántas hay. *Voy a contarte de qué trata la película que vi ayer: es la historia de dos enamorados...*

describir Decir cómo es una persona o una cosa. *En clase de Lengua me han pedido que describa a mis padres y no sé cómo hacerlo.*

definir Explicar el significado exacto de una palabra. *Si quieres definir la palabra madrugador, es mejor que utilices el diccionario.*

recitar Decir algo en voz alta y de memoria, especialmente poesías. *¿Quieres que te recite una poesía que me acabo de aprender?*

La poeta se casó con el poeto
y en vez de tener un niño
tuvieron un soneto.

contestar Decir algo para responder a una pregunta. *Me puse muy nerviosa y no pude contestar las preguntas.*

replicar Responder oponiéndose a lo que otro ha dicho. *Cuando yo digo que un libro es divertido, tú siempre replicas que a ti te ha aburrido mucho.*

confirmar Responder dando como cierto y válido lo que otro ha dicho. *El médico confirmó lo que ya sabíamos: hay que vacunar a los niños menores de tres años.*

contrario, -ria Persona o cosa que es totalmente diferente de otra. *La palabra contraria de subir es bajar.*

adversario, -ria Persona, o animal, que se enfrenta a otra a la que considera rival o enemiga. *Cuando surgen diferencias, hasta los buenos amigos se convierten en adversarios.*

incompatible Persona, o cosa, que no puede estar en el mismo lugar que otra que es totalmente opuesta. *Comer muchos dulces es incompatible con unos dientes sanos y fuertes.*

La palabra *plática* significa *conversación* y es muy utilizada en Hispanoamérica.

conversación Acto de hablar varias personas entre ellas con confianza y familiaridad. *Todos los niños de la clase tuvimos una conversación muy animada sobre lo que nos gustaría hacer cuando seamos mayores.*

diálogo Conversación entre dos o más personas en la que cada una va cediendo el turno de palabra a la otra. *El diálogo es importante para evitar las discusiones.*

entrevista Conversación en la que una persona, a veces un periodista, hace preguntas a otra u otras personas. *En el periódico del domingo se publicará una entrevista al bailarín Mateo Grande.*

a b c d e f g h i j k l m n ñ o p q r s t u v w x y z

copa Recipiente en forma de cuenco que se apoya sobre un pie y que utilizamos para beber. *Para brindar, chocamos nuestras copas.*

vaso Recipiente en forma de cilindro, normalmente de vidrio, que sirve para beber. *¿Aún no has puesto los vasos en la mesa?*

taza Recipiente pequeño y con asa que se utiliza para tomar líquidos. *Este juego de café ya no está completo porque se han roto dos tazas.*

tazón Recipiente mayor que la taza y sin asas. *Mi tazón tiene un capacidad de medio litro.*

correcto, -ta Lo que está bien, sin fallos ni errores. *No se puede decir "he volvido" porque no es correcto.*

acertado, -da Lo que se ha respondido o solucionado de forma correcta. *Me parece acertada tu decisión de retomar los estudios de Medicina.*

exacto, -ta Lo que está hecho o calculado con total precisión y corrección. *El reloj de Carlos no es exacto: cuando llegó a la escuela aún no habían abierto las puertas.*

correo Correspondencia que enviamos o recibimos en nuestro buzón; también, el servicio público que transporta esa correspondencia. *Ya he llevado el correo al buzón.*

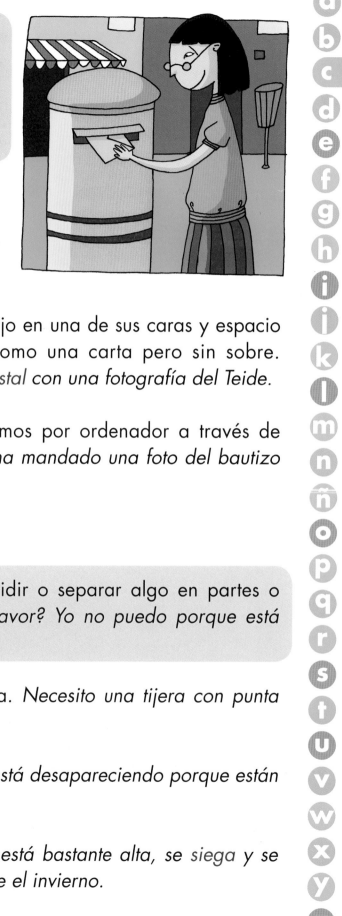

carta Escrito que enviamos a una persona dentro de un sobre cerrado para comunicarle algo. *He enviado una carta a mi amigo para felicitarle por su ascenso.*

postal Tarjeta con una fotografía o un dibujo en una de sus caras y espacio para escribir en la otra, que enviamos como una carta pero sin sobre. *Cuando vaya a Canarias, te enviaré una postal con una fotografía del Teide.*

correo electrónico Mensajes que enviamos por ordenador a través de internet u otra red informática. *Ernesto me ha mandado una foto del bautizo de su hijo por correo electrónico.*

cortar Con una tijera o un cuchillo, dividir o separar algo en partes o pedazos. *¿Puedes cortarme el filete, por favor? Yo no puedo porque está demasiado duro.*

recortar Cortar una figura de papel o tela. *Necesito una tijera con punta para recortar las figuras de este recortable.*

talar Cortar un árbol. *La selva amazónica está desapareciendo porque están talando demasiados árboles.*

segar Cortar la hierba. *Cuando la hierba está bastante alta, se siega y se recoge para alimentar a los animales durante el invierno.*

a b c d e f g h i j k l m n ñ o p q r s t u v w x y z

corto, -ta Que tiene menos longitud, tamaño o duración de lo normal. *Me gusta llevar el pelo corto porque es más fácil de peinar.*

breve Que es pequeño o dura poco. *Este cuento es breve pero es muy divertido.*

resumido, -da Texto o discurso que hacemos más breve o más corto para quedarnos solo con lo más importante. *La lección sobre los seres vivos está resumida en cinco líneas.*

¡Boy! ¿Qué haces? Creo que esta correa debería ser más corta.

coser Unir piezas de tela con aguja e hilo. *Mi mamá está cosiendo un abrigo rojo para mi muñeca.*

hilvanar Hacer una costura con puntadas largas para sujetar o señalar lo que se va a coser después. *Hay que hilvanar la falda para marcar por dónde tienen que ir las costuras.*

zurcir Coser una prenda que está rota con puntadas entrecruzadas. *Cuando me caí se me rompió el pantalón; ¿crees que podrás zurcirlo?*

bordar Hacer dibujos en una tela con aguja e hilo. *En este taller bordan en tu ropa el dibujo que quieras.*

costumbre Lo que se convierte en habitual porque lo hacemos muy a menudo o desde hace mucho tiempo. *Tengo la costumbre de recoger mi ropa antes de acostarme.*

rutina Costumbre de hacer siempre las mismas cosas y, por eso, hacerlas sin pensar. *Por rutina, siempre me levanto a las siete, incluso los fines de semana.*

manía Costumbre extraña o poco adecuada. *Tengo la manía de escribir mis trabajos con bolígrafo de color verde.*

crear Hacer que exista algo que antes no existía. *Tenéis que crear una historia en la que intervengan tres personajes de diferentes edades.*

inventar Crear algo nuevo o que no se conocía. *Thomas Edison inventó la bombilla.*

modelar Crear figuras con barro, plastilina, etc. *Voy a modelar con plastilina todas las figuras del portal de Belén.*

imaginar Crear situaciones con nuestro pensamiento. *Nelson imagina cómo serán los días cuando esté de vacaciones.*

crecer Tener algo mayor tamaño, más importancia o ser más numeroso. *Papá Noel no debería haber dejado crecer tanto su barba.*

aumentar Hacer crecer el tamaño o el número de algo. *El número de aficionados al patinaje aumentará con las nuevas pistas que ha construido el ayuntamiento.*

madurar Crecer una persona en edad y también en responsabilidad; también, crecer y formarse un fruto hasta que está listo para ser recogido. *Este muchacho es muy maduro a pesar de ser tan joven.*

cuenta Operación matemática. *La maestra me ha mandado comprar un cuadernillo con cuentas para hacer en casa.*

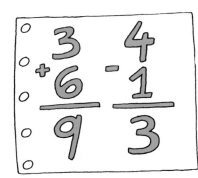

suma Operación matemática en la que a una cantidad le añadimos otra u otras. *La suma se indica con el signo +.*

resta Operación matemática en la que a una cantidad le quitamos otra. *El signo de la resta es –.*

multiplicación Operación matemática en la que sumamos un número tantas veces como indica otro número. *La multiplicación se representa con el signo x.*

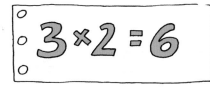

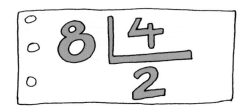

división Operación matemática que consiste en repartir un número en tantas partes iguales como indica otro número. *El signo de la división es ÷.*

cuento Narración breve de historias fantásticas destinadas especialmente a los niños. *Todas las noches leo un cuento antes de dormirme.*

relato Un relato es una narración, generalmente breve. *En este libro hay cinco relatos de aventuras.*

Érase una vez un cuento que nadie puede contar, que acaba por el principio y empieza por el final.

Juan Carlos Martín Ramos

leyenda Narración de hechos que no han pasado de verdad y que se va transmitiendo a lo largo del tiempo. *Cuenta una leyenda que este bosque está poblado por pequeños duendes.*

fábula Cuento que pretende enseñarnos algo, que suele resumirse en una moraleja, y en el que pueden intervenir personas o animales, plantas u objetos que se comportan como personas. *Esopo fue un escritor griego que escribió muchas fábulas.*

Fábula de La zorra y los racimos de uvas

Estaba una zorra con mucha hambre, y al ver colgando
de una parra unos deliciosos racimos de
uvas, quiso atraparlos con su boca.

Mas no pudiendo alcanzarlos, se alejó
diciéndose:
- ¡Ni me agradan, están tan verdes...!

Nunca traslades la culpa a los demás de
lo que no eres capaz de alcanzar.

cuerda Hilos entrelazados que forman un hilo más grueso que se utiliza para atar, sujetar o colgar. *Sujeta bien la cuerda antes de tender la ropa.*

soga Cuerda gruesa y resistente. *Atamos los paquetes con una soga para que no se cayeran.*

comba Cuerda con la que juegan los niños para saltar por encima. *Después de jugar al escondite, podemos jugar a la comba.*

amarra Cuerda con la que se sujetan los barcos en el puerto. *Los pescadores han sujetado sus barcas con las amarras porque sopla un viento muy fuerte.*

cueva Hueco grande, que puede ser natural o abierto por el hombre en la tierra o en la roca. *Dentro de la cueva pudimos ver varias estalactitas y estalagmitas.*

caverna Cueva muy profunda. *El hombre prehistórico vivía en cavernas.*

madriguera Cueva pequeña en la que viven algunos animales, especialmente los conejos. *El conejo guarda una enorme zanahoria en su madriguera.*

guarida Cueva o cualquier otro lugar protegido donde se meten los animales para dormir o refugiarse. *Cuando llega el invierno, el oso prepara su guarida para hibernar.*

dar Entregar, ofrecer algo a alguien. *Félix da un hueso a su perro.*

prestar Entregar una cosa a alguien durante un tiempo con la condición de que lo devuelva. *¿Puedes prestarme el compás, por favor? Te lo devolveré pronto.*

donar Dar algo a alguien de forma voluntaria y sin obtener nada a cambio. *El ganador del concurso ha donado parte del dinero del premio a una organización benéfica.*

regalar Dar algo a alguien con motivo de alguna celebración o como muestra de cariño o agradecimiento. *Nuestro banco ha regalado a todos sus clientes una cámara de fotos digital.*

débil Que tiene poca fuerza o resiste poco. *Berni está enfermo y se encuentra muy débil.*

frágil Que se rompe con facilidad. *No pongas demasiados libros en esta estantería, me parece muy frágil.*

enclenque Muy delgado, y con aspecto de estar débil. *Deberías alimentarte mejor, que te veo muy enclenque.*

enfermizo, -za Persona que enferma con mucha facilidad. *Es un niño muy enfermizo, siempre está acatarrado.*

decidido, -da Persona que actúa con mucha seguridad y, a veces, valor. *Es un joven muy decidido; no se amedrenta ante nada.*

enérgico, -ca Persona que pone mucha fuerza y decisión en lo que hace. *La presidenta habla de forma enérgica y firme.*

impulsivo, -va Persona que hace las cosas sin pensar. *Tiene un carácter muy impulsivo, por eso, a veces, toma decisiones de forma precipitada.*

lanzado, -da Persona atrevida que actúa sin pensar en los peligros. *Alfonso es muy lanzado y salta desde el trampolín sin miedo.*

decir Expresar algo con palabras, bien de forma oral, bien de forma escrita. *Cuando la profesora dice nuestro nombre, debemos levantar la mano.*

exclamar Decir palabras o expresiones que muestren sorpresa, alegría, enfado, etc. *¡Es impresionante! —exclamó Vanessa cuando vio la nieve por primera vez.*

nombrar Decir el nombre de alguien o de algo. *No me vuelvas a nombrar a Francisco, ya sabes que estamos enfadados.*

enumerar Nombrar uno por uno los elementos de una serie. *Te voy a enumerar todo lo que venden en este quiosco: revistas, periódicos, golosinas, lapiceros, etc.*

dejar Depositar algo en un lugar. *Voy a dejar el bolso en la percha del salón.*

abandonar Dejar solo algo o a alguien o dejar de cuidarlo; también, dejar de hacer algo. *Pobre perrito abandonado.*

renunciar Dejar algo voluntariamente o por obligación. *Si sigues jugando al baloncesto, tendrás que renunciar a las clases de guitarra.*

descuidarse Dejar de tener cuidado sobre algo o alguien, despreocuparse. *No te descuides o se quemarán las patatas que estás friendo.*

delgado, -da Persona o animal que tiene poca carne; también cosa que tiene poco grosor. *El viento parte las ramas del árbol porque son muy delgadas.*

flaco, -ca Persona o animal que está muy delgado. *Los animales de este circo están demasiado flacos.*

esquelético, -ca Que está tan flaco que se le notan los huesos. *A ver si das más comida a este perro, está esquelético.*

desnutrido, -da Persona delgada y con mal aspecto por estar mal alimentada. *El veterinario me ha dicho que mi hámster está desnutrido y le tengo que dar más frutos secos.*

delicioso, -sa Algo que es muy bueno o agradable. *En la cocina hay un delicioso olor a tortilla de patata.*

apetitoso, -sa Que parece tan bueno que entran ganas de comérselo. *Cuando pasamos delante de esta pastelería, siempre miramos estos apetitosos pasteles.*

sabroso, -sa Que tiene un sabor muy rico. *Después de la comida tomamos un postre de fresas y chocolate muy sabroso.*

denunciar Comunicar a la autoridad que algo se ha hecho mal. *Denunciaron a los vecinos del segundo por no pagar los gastos de comunidad.*

culpar Echar la culpa de algo a alguien. *Siempre me culpas de todos tus líos.*

acusar Contar a otros lo que una persona ha hecho mal. *Mario acusó a Matilde de romper su goma de borrar.*

derretir Hacer que algo sólido se ablande o se vuelva líquido por efecto del calor. *Si no comes el helado rápidamente se va a derretir.*

disolver Deshacer una sustancia en un líquido. *Para aliviar la tos, debo tomar unas pastillas que se disuelven en agua.*

descongelar Aplicar calor a lo que esté congelado para que deje de estarlo. *Descongelaré filetes de pollo para comer mañana.*

desaparecer Dejar de estar en un lugar, o dejar de estar a la vista. *Perrito desaparecido. Si lo encuentras, llámame al 345 754.*

desvanecerse Ir desapareciendo poco a poco. *Ya no lloverá porque las nubes se han desvanecido.*

evaporar Desaparecer un líquido por convertirse en vapor; a veces se dice de otras cosas que desvanecen sin ser notadas. *El calor ha evaporado el agua del lago.*

a b c d e f g h i j k l m n ñ o p q r s t u v w x y z

deseo Ganas de realizar o disfrutar algo. *Mi mayor deseo es tener una bicicleta.*

voluntad Intención de hacer algo. *Mi voluntad es acabar el libro de lecturas antes de las vacaciones.*

capricho Deseo pasajero de algo que no es necesario. *No puedo darte todos los caprichos que me pides.*

apetito Deseo de comer. *Al pasar delante de la panadería, se me ha abierto el apetito.*

desnudo, -da Persona que no lleva ropa; también, que no tiene nada que lo cubra. *Los pájaros están desnudos sin sus plumas.*

desvestido, -da Que se ha quitado la ropa. *Cuando te hayas desvestido, métete en la bañera.*

desabrigado, -da Que no lleva suficiente ropa de abrigo. *Se cree muy fuerte y, aunque haga mucho frío, siempre va desabrigado.*

descalzo, -za Que lleva desnudos los pies, es decir, sin zapatos. *Sandra camina descalza sobre la arena.*

destruir Destrozar algo. *No destruyas mi castillo de arena, me ha costado mucho trabajo construirlo.*

devastar Destruir un lugar. *El huracán devastó numerosos pueblos a su paso.*

derribar Tirar o hacer caer algo, por ejemplo, un edificio. *Como hay peligro de que se caiga y dañe a alguien, han decidido derribar la torre.*

arruinar Destruir algo o a alguien o causarles daño. *Las fuertes lluvias que han caído esta semana arruinarán la cosecha.*

detener Impedir que algo o alguien siga adelante. *¡Deténgase! En el museo está prohibida la entrada a todo tipo de animales.*

frenar Parar o hacer más lento el movimiento de un vehículo o una máquina. *El coche tuvo que frenar bruscamente para no atropellar a un anciano que no cruzó por el paso de peatones.*

parar Dejar de hacer un movimiento o una actividad. *Los trabajadores de la fábrica de coches paran todos los días durante veinte minutos para tomar su almuerzo.*

dibujar Trazar figuras sobre un papel, una pizarra u otra superficie, con lápices, tizas, pinturas, etc. *Me gusta mucho dibujar árboles.*

pintar Dibujar figuras con colores o dar color a las figuras que hemos dibujado. *Después de dibujar el sol, pintadlo con el rotulador amarillo.*

ilustrar Adornar un escrito con dibujos. *Cada niño deberá ilustrar la redacción que haga con dos dibujos o dos fotografías.*

diseñar Hacer un dibujo de un vestido, un mueble, un edificio, etc., que después se va a fabricar. *Estoy diseñando la nueva caseta para Chucho. ¿Cuál te gusta más?*

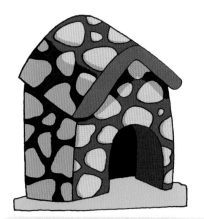 

diente Piezas blancas y duras que las personas, y algunos animales, tienen en las mandíbulas para morder y masticar. *Los dientes que nos salen cuando somos bebés se llaman dientes de leche.*

muela Dientes más anchos que los demás, que tenemos en la parte de atrás de la boca y con los que trituramos los alimentos. *Me han dado una pastilla para el dolor de muelas.*

colmillo Dientes puntiagudos que están antes que las muelas; también, dos grandes dientes en forma de cuerno que tienen los algunos animales. *Los elefantes tienen dos colmillos.*

dinero Monedas y billetes que utilizamos para pagar lo que compramos. *¿Cuánto dinero valen los pimientos?*

moneda Pieza de metal con forma circular y con dibujos por las dos caras que sirve para pagar. *Con esta moneda puedo comprar dos cómics.*

En Hispanoamérica al dinero también se le llama plata.

billete Dinero en papel. *¿Puedes cambiarme estas monedas por un billete?*

tarjeta de crédito Tarjeta de plástico que dan los bancos y los grandes almacenes para que paguemos con ella en vez de con dinero en efectivo. *Con la tarjeta de crédito podemos sacar dinero en los cajeros automáticos.*

discurso Las palabras que una persona dice ante un público que la está escuchando. *El director del colegio dio un discurso de bienvenida a los nuevos profesores y alumnos.*

conferencia Discurso sobre un tema relacionado con la ciencia o la cultura. *La conferencia trata de los daños que estamos causando en el medio ambiente.*

sermón Discurso religioso que el sacerdote predica a los fieles. *En la ceremonia del domingo, el sacerdote pronunció un sermón muy breve.*

mitin Discurso sobre un tema político. *Antes de las elecciones, el Presidente del Gobierno dará un mitin.*

a b c d e f g h i j k l m n ñ o p q r s t u v w x y z

discusión Mostrar una persona su desacuerdo con otra u otras personas que piensan de modo diferente. *Me aburren las discusiones sobre política.*

debate Conversación sobre un tema entre personas con opiniones diferentes. *En la televisión ha habido un debate sobre cómo usan internet los jóvenes.*

pelea Enfrentamiento violento entre personas o animales. *Mis compañeros se han enzarzado en una pelea tonta porque ninguno quería ser el último en la fila.*

dolor Malestar que causa un golpe, una herida o una enfermedad en alguna parte de nuestro cuerpo; también, sentimiento de tristeza. *Siento un fuerte dolor en el brazo.*

punzada Dolor intenso que dura poco y que se repite cada cierto tiempo. *A veces siento una punzada en el oído derecho, así que iré al médico.*

molestia Dolor leve. *Aunque sentía molestias, quiso seguir jugando.*

Que no me digan a mí
que el canto de la cigüeña
no es bueno para dormir.

Rafael Alberti

dormir Descansar profundamente y con los ojos cerrados, sin enterarnos de lo que pasa. *Duerme, mi niña, duérmete ya.*

reposar Descansar, a veces durmiendo un poco. *Para curar tu lesión debes reposar durante una semana.*

adormecer Dormir a alguien poco a poco o empezar a dormirse; también, dejar de sentir alguna parte del cuerpo. *Con el frío se me adormecen las manos.*

dudar No saber qué hacer o no estar seguro de algo o de alguien. *Astrid duda entre jugar con el balón o jugar con la muñeca.*

desconfiar de No confiar en alguien o en algo. *Desconfía de los perros que están sueltos por la calle porque pueden ser peligrosos.*

titubear Mostrarse inseguro, especialmente al hablar. *Como no sabía bien la respuesta, titubeé y contesté mal a la pregunta.*

dueño, -ña Persona que tiene algo. *El dueño del gato extraviado ha ofrecido una recompensa a la persona que lo encuentre.*

hacendado, -da Persona que tiene grandes extensiones de tierra y muchas casas. *Todas estas tierras pertenecen a un hacendado andaluz.*

casero, -ra Persona que tiene una casa y cobra por ella un alquiler; también, persona que cuida una casa cuando su dueño no vive en ella. *La casera pasa a cobrar el alquiler el día 1 de cada mes.*

dulce Que tiene un sabor suave y agradable, como el de la miel o el azúcar; también se llama así a los alimentos que tienen ese sabor. *Estas mandarinas están muy ricas, tienen un sabor dulce.*

bombón Pequeño dulce de chocolate que, a veces, está relleno de crema. *Diego ha regalado a Laura una caja de bombones rellenos de turrón.*

pastel Dulce pequeño de harina y huevo y otros ingredientes cubierto o adornado con crema, nata, chocolate, frutas, etc. *Los pasteles que más me gustan son los que están cubiertos de crema.*

caramelo Dulce elaborado con azúcar fundido que después se endurece. *Los caramelos de menta suavizan la garganta.*

duro, -ra Que es muy difícil de rayar, cortar o doblar. *Este palo es muy duro y no puedo partirlo.*

firme Que es muy fuerte y estable. *Hasta que no seque el hormigón, el suelo no estará firme.*

resistente Que soporta o aguanta mucho. *Esta escalera de mano parece muy resistente, supongo que aguantará bien mi peso.*

e

edredón Pieza con la con que cubrimos la cama, que está rellena de plumas de ave o de fibras para dar calor. *Los edredones de plumón de ganso son calientes y ligeros.*

En Hispanoamérica, a la manta se le llama cobija.

manta Pieza de lana o algodón de forma rectangular que sirve para abrigarnos, sobre todo en la cama. *Como la casa estaba muy fría, nos abrigamos con una manta.*

colcha Pieza que se pone sobre las sábanas y las mantas para adornar y también para abrigar. *Mi abuela va a bordar una colcha para mi cama.*

67

a b c d **e** f g h i j k l m n ñ o p q r s t u v w x y z

ejemplo Algo que, si es bueno, se debe imitar y que se debe evitar si es malo. *Tu comportamiento es un* ejemplo *para todos los niños de tu edad.*

modelo Lo que sirve como muestra para ser copiado. *Para hacer el dibujo, utilizamos como* modelo *un jarrón con flores.*

plantilla Pieza que se usa como modelo para calcar, cortar o hacer otra igual. *Utilizamos una* plantilla *para que todas las piezas fueran idénticas.*

elegir Entre varias personas o cosas, quedarse con una o unas determinadas. *Creo que voy a* elegir *este trineo porque parece más resistente.*

preferir Considerar mejor a una persona o una cosa de entre varias. *Prefiero ver la película de acción; los* westerns *no me gustan mucho.*

seleccionar Elegir, de entre varias personas o cosas, la que consideramos mejor o más apropiada para algo. *El jurado* seleccionó *mi cuento para publicarlo en la revista del colegio.*

embalse Depósito que se construye cerrando un valle con un muro para que quede almacenada el agua de un río. *Como hay sequía, los embalses casi no tienen agua.*

estanque Depósito de agua que se construye para adornar, para criar peces, etc. *En el parque han construido un bonito estanque con mármol.*

alberca Depósito que se construye para almacenar el agua con que se riegan los cultivos. *No se puede regar las huertas porque las albercas están vacías.*

empujar Hacer fuerza contra algo o contra alguien para moverlo. *Si empujamos entre todos, podremos mover el sofá.*

arrastrar Llevar algo o a alguien por el suelo tirando de ello. *Jorge, no arrastres tus juguetes por el suelo porque se estropearán.*

impulsar Hacer fuerza sobre algo para que se mueva. *El saltador se impulsó con fuerza y dio un gran salto.*

a b c d e f g h i j k l m n ñ o p q r s t u v w x y z

encoger Hacer que algo disminuya de tamaño. *El cachorro estaba tan encogido por el frío que casi no se le veía.*

estrechar Hacer que algo sea más estrecho. *Aquí, el río se estrecha mucho y se puede cruzar más fácilmente.*

mermar Hacerse más pequeña una cosa o consumirse una parte de lo que antes tenía. *Este jersey hay que lavarlo a mano para que no merme.*

enfadado, -da Que está enojado por algo o con alguien. *¡No te enfades! Te devolveré tu teléfono móvil ahora mismo.*

molesto, -ta Que se siente ofendido por algo o alguien. *Me siento molesto cuando la gente come palomitas en el cine.*

furioso, -sa Que está muy enfadado. *El ciclista se puso furioso cuando el coche le tiró de su bicicleta.*

enfermo, -ma Que sufre una enfermedad. *Hemos ido a visitar a Elsa porque está enferma.*

herido, -da Que tiene un golpe o corte en alguna parte del cuerpo. *Los heridos fueron llevados urgentemente al hospital.*

paciente Persona enferma o herida que es tratada por un médico. *El doctor Collins tiene muchos pacientes en su consulta.*

enseñar Decir a alguien qué son y cómo son las cosas para que las aprenda. *En la academia me están enseñando a dibujar con carboncillo.*

explicar Hablar de forma clara de un tema que pueda ser difícil, para que los demás lo entiendan. *Aunque me lo expliquen mil veces, nunca comprenderé este juego.*

exponer Hablar sobre un tema para que los demás lo conozcan. *En el nuevo estudio se exponen los nuevos descubrimientos contra los virus.*

El asno es un burro,
no sabe leer.

Si nadie me enseña
no podré aprender.

José María Plaza

entrar Ir desde fuera hacia el interior de algo. *Antes de entrar en casa, límpiate bien los pies en el felpudo.*

pasar Entrar en un lugar o atravesarlo. *Vamos a pasar un túnel muy largo.*

colarse Entrar a escondidas o con disimulo en un lugar. *Tim es muy descarado, se coló en el concierto sin comprar la entrada.*

introducir Meter algo o a alguien en un lugar. *Esta pared es muy fina; introduce el taladro con cuidado.*

envase Recipiente donde se guardan, conservan o transportan algunos productos. *No coloques los envases más frágiles en el fondo del carro.*

bote Recipiente de vidrio o de metal para guardar alimentos y otras sustancias. *Mi hermana colecciona botes de cacao antiguos.*

frasco Recipiente de vidrio con el cuello estrecho para guardar, sobre todo, líquidos. *Ya se me ha acabado el frasco de colonia que me regalaste en mi cumpleaños.*

lata Envase fabricado con hojalata. *En mi mochila llevo dos latas de mejillones y una de sardinas con tomate.*

botella Recipiente de vidrio o de plástico, alto y con el cuello estrecho, que contiene líquidos. *He guardado la botella de agua mineral porque es muy bonita.*

bote   frasco   lata   botella

envolver Cubrir un objeto con tela, papel, etc. *Envuelve estos vasos con papel antes de meterlos en las cajas.*

forrar Poner un forro, una funda o una cubierta a algo para protegerlo o como adorno. *Este trozo es demasiado pequeño para forrar el libro.*

vendar Cubrir con una venda. *En el Antiguo Egipto se vendaba a las momias.*

error Cosa mal hecha, bien porque no se debe hacer, bien porque es incorrecta. *Que quieras dejar tus clases de baile es un error.*

fallo Acción o respuesta equivocada. *Tiger no ganó el torneo porque cometió un gran fallo en su golpe.*

descuido Falta de atención, distracción que provoca errores. *Tuve un pequeño descuido y la pintura amarilla cayó sobre mi dibujo.*

escribir Hacer letras y palabras en un papel, una pizarra, etc. para expresar algo. También podemos escribir con el ordenador, pulsando las teclas de cada letra. *Para escribir la palabra cama escribo c - a - m - a.*

redactar Escribir sobre un tema propuesto o sobre algo que nos ha sucedido. *Quiero que redactéis quince líneas sobre vuestra familia.*

anotar Escribir una nota o apuntar algo en un papel. *En mi agenda escolar anoto todas las cosas interesantes.*

escuchar Prestar atención a lo que oímos. *Lory escucha música en su MP4.*

oír Percibir sonidos con los oídos. *He tenido una infección en el oído derecho y no oigo bien.*

atender Prestar atención a lo que ocurre a nuestro alrededor. *¿Estás atendiendo a mi explicación?*

estropear Hacer que una cosa no funcione o que esté en peores condiciones de las que estaba. *Has estropeado la cafetera.*

averiar Producir un daño en una máquina o en un aparato que le impida funcionar. *La humedad averió el motor y por eso la moto no arranca.*

pudrirse Hacer que se estropee o descomponga una materia. *Si no metes las manzanas en el frigorífico se van a pudrir.*

marchitar Secarse las plantas, perder su belleza y frescura. *Mis plantas se han marchitado porque he olvidado regarlas.*

extranjero, -ra Que es de otro país. *Al colegio han llegado dos profesores extranjeros para dar las clases de francés e inglés.*

forastero, -ra Persona que viene de fuera y solo vive durante un tiempo en el lugar donde nosotros vivimos. *En verano, en nuestro pueblo viven muchos forasteros.*

inmigrante Persona que llega a un país extranjero para vivir en él. *José es un inmigrante de la República Dominicana y Li procede de China.*

emigrante Persona que deja su país para ir a vivir a otro extranjero. *Los emigrantes abandonan sus países porque buscan una vida mejor.*

fácil Que se consigue, se comprende o se hace con poco esfuerzo. *Aunque parece fácil, realizar figuras con el tangram a veces es complicado.*

comprensible Que es fácil de entender o de comprender. *El turista está perdido porque las indicaciones del plano no son comprensibles.*

sencillo, -lla Que no tiene complicación. *Me parece más sencillo conducir una moto que un coche.*

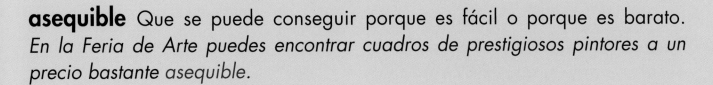

asequible Que se puede conseguir porque es fácil o porque es barato. *En la Feria de Arte puedes encontrar cuadros de prestigiosos pintores a un precio bastante asequible.*

a b c d e f g h i j k l m n ñ o p q r s t u v w x y z

falso, -sa Alguien que no siempre dice la verdad o algo que es una mentira o que no es cierto. *No tengo ninguna duda: este cuadro es falso.*

hipócrita Persona que finge tener buenos sentimientos y buenas intenciones, y no los tiene. *Eres un hipócrita. Dices que eres mi amigo y no es verdadero.*

mentiroso, -sa Persona que suele mentir. *Es muy mentiroso, y no creemos casi nada de lo que cuenta.*

embaucador, -ra Persona que se aprovecha de otras personas que no tienen experiencia o que son confiadas. *Eres un embaucador, no sé cómo lo haces pero siempre consigues que te dé la mitad de mi bocadillo.*

felicidad Satisfacción y bienestar que sentimos cuando nos sucede algo bueno o conseguimos lo que queremos. *Ver a mis amigos después de tanto tiempo me llena de felicidad.*

alegría Sentimiento agradable que notamos cuando estamos bien y que solemos expresar por medio de la risa. *Los niños siempre transmiten alegría.*

entusiasmo Exaltación ante algo que nos gusta mucho o nos interesa. *El público aplaudió con entusiasmo el magnífico espectáculo ofrecido por los trapecistas.*

Yo conocí siendo niño,
la alegría de dar vueltas
sobre un corcel colorado,
en una noche de fiesta.

Antonio Machado

feo, -a Que no tiene belleza. *No me pondré ese pantalón: es muy feo.*

desagradable Que no gusta ni atrae. *El vinagre tiene un olor desagradable.*

horrible Que es muy feo y causa rechazo. *¿Piensas ponerte esa horrible máscara?*

fiel Que se puede confiar en él porque siempre cumple sus promesas y obligaciones. *El perro es un animal muy fiel que nunca abandona a su dueño.*

sincero, -ra Persona que siempre dice lo que siente, que no finge. *Soy sincera cuando te digo que ya te he perdonado.*

leal Que es fiel y sincero, y nunca engaña a los demás. *Me gusta que mis amigos sean leales conmigo.*

noble Persona con buenos sentimientos que no causa daño a los demás. *Es un niño muy noble, tiene muy buen corazón.*

fiesta Reunión de un grupo de personas para divertirse; también, día en que no se trabaja porque hay alguna celebración especial. *¿Vendrás a mi fiesta de graduación?*

verbena Fiesta que se celebra por la noche, al aire libre, con música y baile. *Adornamos la plaza con luces de colores para celebrar la verbena.*

festejo Acto que se organiza para celebrar algo. *Como va a venir el Presidente a la ciudad, el alcalde ha organizado varios festejos.*

filete Trozo largo y fino de carne sin hueso o de pescado sin espinas. *Me gusta comer el filete de lenguado a la plancha.*

bistec Filete de carne de vaca. *Me han servido un bistec muy hecho y soso.*

chuleta Costilla con carne de ternera, cerdo, cordero, etc. *Mis padres están haciendo chuletas en la barbacoa.*

loncha Trozo plano y delgado de algunos alimentos. *¿Cómo quieres que corte el jamón, en lonchas o en taquitos?*

frecuente Que sucede muchas veces. *Tus despistes y errores son cada vez más frecuentes.*

repetido, -da Que se vuelve a decir o a hacer lo que ya se ha dicho o hecho. *Tengo varios cromos de Ronaldinho repetidos.*

habitual Que se hace de forma repetida por costumbre. *En verano, es habitual ver a los niños patinando en la plaza.*

frío, -a Que tiene una temperatura más baja de lo normal. *La calefacción no funciona y mi clase está muy fría.*

fresco, -ca Un poco frío. *Llena la cantimplora con el agua de esta fuente: sale muy fresca.*

helado, -da Muy frío. *Los montañeros, que estaban helados, se cobijaron en una cabaña.*

fuego Calor y luz que desprende una materia que se quema. *Los hombres primitivos hacían fuego frotando dos piedras.*

llama Masa de gas encendido que sale de los cuerpos que arden y que produce luz y calor. *Me gusta mirar las llamas porque parecen lenguas de colores.*

brasa Trozos de leña y de carbón encendidos. *En el restaurante nuevo hemos pedido carne asada a la brasa.*

hoguera Fuego con mucha llama hecho al aire libre, normalmente con leña. *Algunas tribus bailan danzas alrededor de una hoguera.*

incendio Fuego grande que quema lo que no debería ser quemado. *Los incendios del verano destruyeron frondosos bosques.*

fuerte Que tiene fuerza, es decir, que puede mover cosas o a personas que pesan mucho. *Cuando era joven, el asno de esta granja era muy fuerte.*

robusto, -ta Que es fuerte, resistente. *Para subir al árbol, apóyate en las ramas más robustas.*

vigoroso, -sa Que tiene mucha energía y vitalidad para hacer las cosas. *Desde que come estas croquetas, Chucho es más vigoroso.*

funda Bolsa o cubierta de tela, plástico, cuero, etc. donde se guarda algo para que quede más protegido. *Guarda las gafas en su funda para que no se ensucien.*

estuche Caja para guardar uno o varios objetos, como lápices, joyas, etc. *El estuche que quiero tiene pinturas, rotuladores, óleos y acuarelas.*

forro Cubierta de plástico, papel, tela, etc. con que se envuelve algo para protegerlo. *La profesora nos dice que debemos poner forro a los libros.*

futuro Tiempo que aún no ha llegado. *La pitonisa miraba su bola de cristal y decía: "Veo un futuro lleno de felicidad".*

mañana Día que llegará después de hoy. *Mañana compraré los adornos de Navidad.*

porvenir Lo que le espera a alguien en el futuro. *Si estudias tendrás un gran porvenir.*

g

galleta Masa de harina, azúcar, huevos y otros ingredientes que, dividida en trozos pequeños y de forma variada, se cuece al horno. *Siempre desayuno galletas con mantequilla y mermelada.*

bizcocho Dulce esponjoso hecho con harina, azúcar, huevos y otros ingredientes, y cocido al horno. *Todos los sábados, mi padre hace un rico bizcocho de yogur, que nos gusta mucho a todos.*

barquillo Masa muy fina elaborada con harina, azúcar o miel y, normalmente, canela, con forma de tubo o de triángulo. *¿Me da un barquillo, por favor?*

a b c d e f g h i j k l m n ñ o p q r s t u v w x y z

ganar Conseguir un premio, una recompensa por obtener una victoria en un juego, en una competición, o ser mejor que otro en algo. *He ganado la carrera de relevos.*

triunfar Tener éxito en lo que nos proponemos. *Consiguió triunfar en el mundo de la música.*

aventajar Adelantar, llevar ventaja una persona a otra. *Me aventajas en tres partidas pero pienso ganarte.*

gastar Emplear dinero para algo. *Gasté todos mis ahorros para hacer un regalo a mis padres.*

derrochar Gastar más dinero del necesario. *No está bien derrochar el dinero en cosas innecesarias.*

pagar Dar dinero a alguien a cambio de una cosa, un trabajo, etc. *No pienso pagar tanto por un gorro de lana.*

gente Conjunto de personas, en general. *He tardado porque había mucha gente en la caja del supermercado.*

multitud Muchas personas. *La multitud esperó horas a la puerta del hotel para ver salir a su cantante favorito.*

público Conjunto de personas que asiste a un espectáculo. *El público abucheó a los actores cuando acabó la obra de teatro.*

girar Dar vueltas alrededor de sí mismo o de otra cosa; también, cambiar de dirección. *Marta sopla con fuerza y el molinillo gira y gira sin parar.*

rodar Ir de un lugar a otro dando vueltas. *Se me cayó una moneda y fue rodando hasta meterse debajo de la cama.*

torcer Cambiar de dirección; también, girar una parte del cuerpo de forma brusca. *Según el plano, para llegar al parque de atracciones hay que torcer a la derecha y luego seguir recto.*

golpear Dar uno o varios golpes a algo o a alguien. *Papá, cuando golpees el clavo, ten cuidado con los dedos.*

¡Aaaaay! Gracias por el consejo.

chocar Golpear una cosa contra otra, normalmente de forma violenta. *Dicen que, dentro de unos años, un asteroide chocará contra la Tierra.*

pegar Maltratar a una persona o un animal con golpes. *Han cerrado el circo porque el dueño pegaba a los animales.*

gordo, -da Que tiene más peso o más grosor de lo normal. *Los enanitos amigos de Blancanieves eran gorditos y simpáticos.*

rechoncho, -cha Persona o animal gordo y de poca estatura. *Cuando eras pequeño, eras un bebé muy rechoncho.*

obeso, -sa Persona demasiado gorda. *Las personas obesas deben cuidar mucho su alimentación.*

gracioso, -sa Que tiene facilidad para divertir o hacer reír. *Berta está muy graciosa con sus coletas.*

chistoso, -sa Persona bromista que siempre cuenta chistes y hace reír. *Para que la fiesta de cumpleaños fuese más divertida, actuó un payaso muy chistoso.*

simpático, -ca Persona que nos resulta agradable porque es cordial y amable. *Peter tiene un carácter tan agradable que todo el mundo dice que es un niño muy simpático.*

grande Que tiene un tamaño más grande de lo normal. *En las ciudades grandes suele haber mucha contaminación.*

enorme Muy grande. *Me da miedo tirarme por este enorme tobogán.*

gigante Mucho más grande de lo normal. *En esta huerta crecen unos tomates gigantes.*

¿Sabías que el animal más grande del mundo es la ballena azul, que mide más de 30 metros y pesa como 30 elefantes juntos?

gritar Cuando una persona habla, o emite sonidos, elevando mucho la voz. *Si no bajas el volumen de la música, tendré que gritar para que me oigas.*

chillar Gritar con voz aguda y desagradable. *Eva se pasó toda la película chillando.*

abuchear Protestar contra algo o alguien con gritos y silbidos. *El portero jugó tan mal, que todo el público le abucheó.*

grosero, -ra Persona ordinaria y vulgar. *No me gusta que seas grosero, así que no digas palabrotas.*

maleducado, -da Persona que no sabe comportarse con corrección. *Al entrar en clase, hay que decir: "¡Buenos días!"; no hay que ser maleducados.*

descarado, -da Persona que no se muestra respetuosa con los demás. *No seas descarado y deja de hacer burla al profesor.*

grupo Conjunto de personas o cosas que tienen algo en común o están en un mismo lugar. *Dividimos la clase en grupos para hacer los ejercicios.*

equipo Grupo de personas que colaboran juntas en un trabajo, en un deporte... *Me han seleccionado para formar parte del equipo nacional de gimnasia.*

enjambre Conjunto de abejas que salen de una colmena para formar otra. *Los enjambres suelen salir de las colmenas en primavera y verano.*

bandada Conjunto de aves que vuelan juntas; también, conjunto de peces. *En este parque natural se ven bandadas de aves muy distintas.*

rebaño Grupo numeroso de ovejas, cabras... *Dos lobos hambrientos atacaron un rebaño de ovejas.*

guiar Enseñar una persona a otra por dónde tiene que ir o lo que debe hacer. *Los monitores nos guiaron por el monte para que no nos perdiéramos.*

dirigir Dar una persona las indicaciones de cómo hay que hacer algo para que los demás las sigan. *La entrenadora dirige el equipo con firmeza y las nadadoras se esfuerzan todo lo que pueden.*

aconsejar Dar una persona a otra su opinión sobre lo que debe hacer y cómo debe hacerlo para que sea lo mejor para ella. *No quise escuchar a mis padres cuando me aconsejaron que no viera esa película y me equivoqué.*

hábil Que tiene capacidad o inteligencia para algo. *Víctor es un hábil vendedor.*

mañoso, -sa Persona que tiene habilidad y destreza para hacer algo, sobre todo con las manos. *Esta lámpara nos la ha hecho un artesano muy mañoso.*

experto, -ta Persona que tiene mucha destreza o mucha experiencia en algo. *Carla es una experta de la papiroflexia.*

hablar Emitir palabras para comunicarnos con los demás. *Las personas hablamos para que los demás nos entiendan.*

susurrar Hablar en voz baja. *En el cine, David me susurró que no le estaba gustando la película.*

comentar Hablar sobre algún tema expresando nuestra opinión. *En clase, comentamos las noticias que aparecen en la portada del periódico.*

a b c d e f g h i j k l m n ñ o p q r s t u v w x y z

hacer Realizar, elaborar, construir, formar algo. *El mago hizo unos trucos de magia sorprendentes.*

fabricar Hacer objetos utilizando máquinas. *Los nuevos modelos de esta videoconsola, que ya se están fabricando, son de color rojo.*

confeccionar Hacer prendas de vestir. *En este taller confeccionan elegantes vestidos.*

hombre Ser humano de sexo masculino. También, ser humano en general. *Neil Armstrong fue el primer hombre que pisó la luna.*

señor Forma respetuosa de tratar a un hombre adulto. *Un señor de mediana edad me preguntó por dónde se iba al centro de salud.*

chico Hombre joven. *El grupo musical Wonders está formado por cuatro chicos y dos chicas.*

humilde Persona que vive sin lujos porque tiene poco dinero. *Como viven en una casa muy humilde, quieren mudarse a una mejor.*

pobre Persona que no tiene lo necesario para vivir. *Los servicios sociales reparten comida entre los pobres de la ciudad.*

mendigo, -ga Persona tan pobre que necesita pedir limosna. *Este mendigo duerme en un banco del parque porque no tiene casa.*

i

iglesia Edificio donde se reúnen los cristianos para celebrar sus ceremonias religiosas. *En el campanario de la iglesia ha anidado una cigüeña.*

catedral Iglesia principal donde está el obispo. *La catedral está adornada con muchas flores porque esta tarde va a celebrarse una boda.*

templo Edificio destinado únicamente a actos religiosos. *Este templo es conocido por sus vidrieras.*

sinagoga Templo dedicado por los judíos a la oración y al estudio de su religión. *En la sinagoga el jefe espiritual es el rabino.*

mezquita Templo donde los musulmanes se reúnen para orar. *Las mezquitas tienen torres altas llamadas minaretes.*

a b c d e f g h i j k l m n ñ o p q r s t u v w x y z

ignorante Persona que ha estudiado poco o que sabe muy poco de algún tema. *Es tan ignorante que ni siquiera sabe dónde están los Andes.*

Para no ser ignorante como el dromedario, empieza por aprender las letras del abecedario.

a b c d e f g h i
j k l m n ñ o p q
r s t u v w x y z

analfabeto, -ta Persona que no sabe leer ni escribir. *Hay muchos niños analfabetos en el mundo porque no pueden ir a la escuela.*

inculto, -ta Persona con poca cultura. *Leo muchos libros para no ser inculto.*

desinformado, -da Persona que tiene poca información sobre algo. *Siempre escucho los noticiarios para no estar desinformada.*

imitar Hacer algo siguiendo un modelo o comportarse una persona fijándose en otra. *Sean es muy gracioso: siempre imita a los que salen por la tele.*

copiar Hacer una cosa exactamente igual que otra o hacer algo del mismo modo que otra persona. *Si me corto el pelo, tú también; si me pongo pantalones, tú también: siempre me estás copiando.*

simular Hacer algo fingiendo o aparentando lo que no es. *Simuló que estaba enfermo para no tener que ir de compras con sus padres.*

impedir Hacer que algo sea muy difícil o imposible de realizar. *Los niños de la ciudad pintaron pancartas para impedir que se cerrara la biblioteca.*

retrasar Conseguir que algo se haga más lento o más tarde de lo que debía. *Estás retrasando mis tareas con tus continuas interrupciones.*

dificultar Estorbar para que sea más complicado hacer algo. *La nieve de la carretera dificulta la circulación.*

paralizar Detener lo que se está haciendo. *El director decidió paralizar los ensayos del festival porque hacíamos mucho ruido.*

importante Que tiene mucho valor, mucho poder, o que despierta mucho interés o preocupación en alguien. *Julia se sintió importante cuando leyó sus poesías ante todos los alumnos y profesores del colegio.*

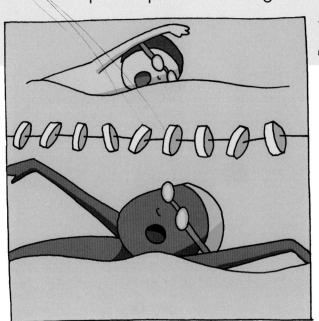

principal El más importante de todos. *Tienes que subrayar con rotulador rojo las oraciones principales de esta lección.*

imprescindible Persona o cosa tan necesaria que no podemos estar sin ella. *En esta piscina es imprescindible utilizar gorro.*

incluir Poner una cosa dentro de otra. *El precio de la excursión es bastante barato porque incluye el desayuno y la cena.*

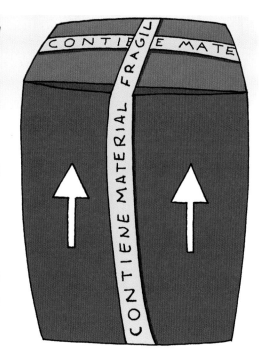

contener Cuando una cosa lleva otra dentro. *Este es un juguete no recomendado para menores de tres años porque contiene piezas pequeñas.*

agregar Añadir una cosa a otra; también, añadir algo a lo que ya hemos dicho. *Me gustaría agregar algo más: además de hacer la cama, debéis recoger el cuarto.*

indiscreto, -ta Persona que cuenta cosas que no debería contar. *No pienso decirte más secretos porque eres muy indiscreto y lo cuentas todo.*

entrometido, -da Persona que se mete en los asuntos de los demás. *Niña, no seas entrometida: intervenir en las conversaciones de los demás no es correcto.*

charlatán Persona que habla demasiado. *En esta clase hay muchos charlatanes que no me dejan explicar la lección tranquilamente.*

fisgón, -na Persona a la que gusta curiosear y cotillear sobre la vida de los demás. *No está bien que mires por la cerradura; eres un fisgón y quieres enterarte de todo lo que sucede.*

informar Dar noticias sobre algo a alguien. *Este periódico informa de las noticias deportivas.*

Les informamos de que la bailarina Anuska Pliscaia ha anunciado su retirada.

anunciar Hacer que se sepa algo que va a ocurrir en el futuro; también, hacer publicidad de algo. *El presidente anunciará hoy el nombre de su nuevo director general.*

comunicar Hacer que se sepa un asunto, cómo estamos, lo que pensamos... *Tu profesor me comunicó su preocupación ante tu poco interés.*

publicar Dar a conocer algo por medio de un periódico, una revista, etc.; también, imprimir un libro para que la gente pueda leerlo. *La revista* La ciencia *publica un reportaje sobre el hallazgo de un ejemplar de tiburón prehistórico.*

inicio Principio de algo. *El inicio de la discusión fue una tontería: Gabriela no quiso prestar a Kevin su cuaderno de poemas.*

origen Nacimiento, lugar de procedencia o causa de algo. *Aunque se vende es España, el origen de esta carne es Argentina.*

¿Sabías que el origen del universo parece que estuvo en una gran explosión llamada Big Bang?

salida Lugar donde se colocan los corredores para comenzar una carrera. *Los coches ya están colocados en la salida.*

inteligente Que tiene capacidad para comprender y razonar las cosas. *Los chimpacés y los delfines son los animales más inteligentes.*

sabio, -bia Persona que sabe mucho gracias al estudio y también gracias a la experiencia. *Nos gusta oír hablar a nuestro profesor porque es muy sabio.*

culto, -ta Persona que tiene muchos conocimientos de ciencias, arte, etc. *Carmen es una niña muy culta porque lee muchos libros.*

brillante Persona que demuestra mucha inteligencia y sabiduría. *Jim es brillante en matemáticas: resuelve complicados problemas en pocos minutos.*

intentar Hacer todo lo que podemos para conseguir algo. *Intenta escribir un poco más claro porque yo no entiendo lo que pone aquí.*

probar a Experimentar o intentar hacer algo. *Si te resulta difícil dibujar un retrato, prueba a hacer primero los ojos y después, la nariz.*

procurar Tratar de hacer algo poniendo mucho interés en conseguirlo. *De acuerdo, procuraré ser más puntual para no molestar a mis compañeros.*

esforzarse Poner mucha energía y empeño en algo. *El jinete se esforzó por saltar bien todos los obstáculos, pero no lo consiguió.*

interesante Que nos parece importante, útil, valioso o beneficioso. *En esta revista hay un reportaje muy interesante sobre las mariposas.*

atractivo, -va Que nos resulta agradable y nos atrae. *Ir a merendar a tu casa y después al cine: el plan que me propones es muy atractivo.*

fascinante Que nos atrae mucho. *Estudiar la vida en el fondo del mar me parece fascinante.*

curioso, -sa Que nos llama la atención por ser extraño o especial. *¿Quieres saber algo curioso?:*

¿Sabías que puedes calcular a cuántos kilómetros está una tormenta contando los segundos entre el rayo y el trueno y dividiéndolos entre tres?

interior Que está en la parte de dentro; también, casa que no tiene ventanas que den a la calle. *Antes de nacer, pasamos nueve meses en el interior de nuestra madre.*

interno, -na Que está o se produce en el interior. *En la parte más interna de la Tierra hace mucho calor.*

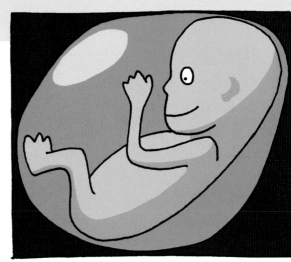

íntimo, -ma Que se refiere a lo interior y privado de una persona. *En su diario, Octavio escribe sus cosas más íntimas y personales.*

a b c d e f g h i j k l m n ñ o p q r s t u v w x y z

inútil Persona o cosa que no sirve para algo determinado. *Tu esfuerzo es inútil: ya he dicho que no te presto mis prismáticos nuevos y no hay más que hablar.*

incapaz Que no sabe hacer algo o que no se atreve. *Soy incapaz de mentir.*

incompetente Persona que no es capaz de hacer bien su trabajo. *Han tenido que despedirlo del trabajo porque era muy incompetente.*

inservible Objetos que no tienen ninguna utilidad. *Después de caer al suelo, el móvil ha quedado inservible.*

ir Moverse desde un lugar hacia otro más alejado. *Si te parece bien, iré a tu casa sobre las cinco.*

marchar Abandonar un lugar. *Como no llegabais y hacía frío, marchamos para casa.*

dirigirse Ir una persona o llevar algo en una determinada dirección. *En estos momentos, sobrevolamos el mar y nos dirigimos a las islas.*

acudir Ir una persona a un lugar donde se le espera o donde tiene que hacer algo. *Cuando su madre los llama, los oseznos acuden rápidamente.*

jabón Producto que utilizamos para lavarnos, o para lavar algunas cosas, como la ropa. *¿Has hecho alguna vez pompas de jabón?*

detergente Producto que sirve para limpiar o fregar. *Habéis dejado el suelo lleno de barro; tendré que limpiarlo con bastante detergente.*

champú Jabón líquido con el que nos lavamos la cabeza. *Este champú de avena deja el pelo muy suave y desenredado.*

gel Jabón líquido que usamos cuando nos bañamos o nos duchamos. *No olvides comprar gel porque se ha terminado.*

a b c d e f g h i j k l m n ñ o p q r s t u v w x y z

jefe, -fa Persona que tiene poder para mandar sobre las demás. *El jefe de la cuadrilla de albañiles lleva el casco de color blanco.*

director, -ra Persona que dirige a otras en una empresa, un colegio, una orquesta, etc. *La directora de la orquesta dirige a los músicos con la batuta.*

líder Persona que es reconocida como jefe por un grupo, que la sigue y la obedece; también, el que va primero en una competición deportiva. *La líder del Partido Ecologista ha propuesto que cada niño plante un árbol en el nuevo parque.*

cabecilla Persona que encabeza o dirige un grupo que no se comporta de forma correcta. *El cabecilla de la banda de atracadores consiguió huir de la policía.*

En un jardín de flores encontré tres caracoles.

joven De poca edad, pero que ya no es niño. *La primera bailarina de la compañía es una joven de quince años que baila muy bien.*

novato, -ta Persona que es nueva en un sitio o en una actividad. *A los novatos siempre se les gastan muchas bromas.*

inexperto, -ta Persona que no tiene experiencia. *Gabriel es un poeta muy inexperto. ¿Puedes ayudarle a escribir un pareado?*

juego Entretenimiento que tiene unas reglas y en el que unos ganan y otros pierden. *El juego que más me divierte es la gallinita ciega.*

deporte Juego o ejercicio físico que se realiza por diversión o por competición, respetando unas reglas. *El alpinismo es un deporte de riesgo.*

pasatiempo Entretenimiento para pasar el rato. *Los pasatiempos son juegos de inteligencia.*

videojuego Juego electrónico para jugar en el ordenador, la videoconsola o la televisión. *Este videojuego simula un partido de fútbol.*

jugar Participar en un juego para pasarlo bien. *Sé una poesía con la palabra jugar.*

Los conejos blancos
y también los grises
en la rueda, rueda
juegan muy felices.

Gustavo Alfredo Jácome

divertirse Entretenerse, pasarlo bien, disfrutar. *Si jugamos todos juntos nos divertimos más.*

competir Participar en un deporte, en un juego o en un concurso con la intención de ganar. *En el campeonato de atletismo compiten niños y niñas de todo el mundo.*

a b c d e f g h i j k l m n ñ o p q r s t u v w x y z

juntar Unir, acercar dos o más personas o cosas. *No juntes en la misma bolsa los envases con el papel porque hay que ponerlos en contenedores diferentes.*

agrupar Formar grupos con cosas parecidas. *Agruparé las canicas por tamaños y formaré tres montones.*

mezclar Juntar varias cosas para intentar que queden unidas. *Mezcla los huevos, la leche y la harina con la batidora para que la masa quede mejor.*

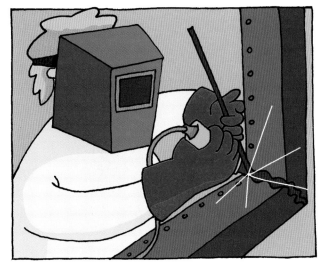

soldar Unir dos piezas de metal fundiendo sus extremos con calor. *Para soldar metales, hay que protegerse la cara y las manos.*

justo, -ta Persona que se comporta según las normas, dando a cada uno lo que le corresponde o le pertenece. *Si han hecho trampa, lo justo es que renuncien al premio.*

objetivo, -va Persona que ve las cosas como son, sin dejar que influyan sus intereses personales. *En el momento de elegir al ganador del concurso, los miembros del jurado fueron muy objetivos y no se dejaron influir.*

neutral Que en un enfrentamiento no toma partido por ninguno de los que se oponen. *El árbitro se mantuvo neutral durante todo el partido.*

kimono Prenda de vestir japonesa, de tela ligera, que se usa a veces como si fuera una bata. *Las geishas visten preciosos kimonos de seda.*

batín Bata corta para estar cómodo en casa. *Cuando mi padre llega a casa, se quita la chaqueta y se pone un batín.*

bata Prenda de vestir larga, con mangas y abierta por delante, que se usa para estar cómodo en casa, o bien en ciertos trabajos, sobre el vestido, para no mancharse. *Al levantarme de la cama, me pongo la bata encima del pijama.*

túnica Vestido exterior amplio y largo. *El mago Malabar viste una túnica negra con estrellas doradas.*

lámpara Objeto que sirve para dar luz. *En el salón hay una lámpara de cristal.*

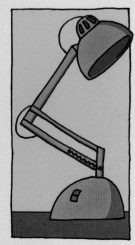

linterna Lámpara portátil. *Cuando no hay luz usamos una linterna.*

farol Caja transparente con una luz dentro, que sirve para alumbrar. *Un farol ilumina el porche de la casa.*

farola Farol grande que sirve para alumbrar las calles. *Han colocado tres farolas nuevas en el paseo marítimo.*

flexo Lámpara de mesa con brazo flexible. *Sobre mi mesa de estudio tengo un flexo.*

Alta y delgada,
cabeza brillante,
ilumina de noche
a los caminantes.
SOLUCIÓN: la farola

largo, -ga Algo con mucha longitud o que dura mucho tiempo. *La película fue tan larga que nos dormimos en el cine.*

extenso, -sa Que ocupa mucho espacio. *Hice un trabajo más extenso de lo que me pedían, pues me ocupó cuatro folios.*

prolongado, -da Que se alarga en el espacio o en el tiempo. *La reunión se prolongó mucho y se ha hecho tarde.*

lavar Limpiar una cosa con agua u otro líquido. *Me lavé la cabeza con champú anticaspa.*

Me lavo las manos
después de jugar
y con la toalla
las voy a secar.
Seco uno tras otro
todos mis deditos,
cinco en cada mano
¡y todos limpitos!
Juan Guinea

jabonar Frotar con agua y jabón. *Jabónate bien la espalda.*

asear Hacer limpieza y poner orden. *Aseé un poco el cuarto antes de salir.*

fregar Limpiar algo frotándolo con un estropajo o cepillo, empapado en jabón y agua, u otra sustancia limpiadora. *Se me ha caído un refresco en la alfombra y ahora tendré que fregarla.*

lento, -ta Que se mueve o hace las cosas muy despacio. *La tortuga es un animal muy lento.*

tranquilo, -la Que está quieto, en calma y reposo. *Disfrutamos de un agradable paseo en barca porque el mar estaba tranquilo.*

pesado, -da Que hace las cosas con torpeza y lentitud. *El elefante camina con pasos pesados por la sabana.*

levantar Mover una cosa de abajo arriba o poner una cosa en un lugar más alto del que estaba. *Levantó la alfombra para limpiar debajo.*

encaramarse Subir a alguien o algo a un lugar alto y difícil de alcanzar. *Cuando vio que el perro corría hacia él, Vicente se encaramó a un árbol.*

aupar Levantar o subir a una persona en alto. *Papá aupó a Susi sobre sus hombros para ver el desfile.*

izar Levantar algo tirando de la cuerda a la que está sujeto. *El capitán ordenó izar las velas del barco para aprovechar la fuerza del viento.*

limpiar Quitar las manchas y suciedad. *Limpié la camiseta con agua y jabón.*

desinfectar Limpiar a fondo para eliminar los gérmenes y bacterias. *Siempre utilizo lejía para desinfectar el baño.*

barrer Quitar la basura y el polvo del suelo con la escoba. *Barrí las hojas secas del suelo del jardín.*

abrillantar Frotar hasta sacar brillo. *Cuando terminé de abrillantar los cubiertos de plata, estos relucían.*

Hoy los pingüinos del polo no se han dado el chapuzón. Quisiera limpiar las aguas con burbujas de jabón.

Rafael Cruz Contarini

llamar Dar voces o hacer gestos a alguien para que venga o atienda. *Mi madre llamó al camarero para que nos trajera la cuenta.*

vocear Llamar a gritos. *El entrenador voceó al portero para que estuviera atento y no le metieran gol.*

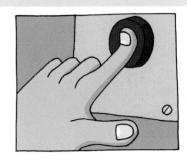

tocar Avisar mediante una campana o timbre. *Toqué el timbre para que me abrieran la puerta.*

llegar Finalizar un desplazamiento, alcanzar cierta altura o extenderse hasta cierto punto. *Los corredores* llegaron *muy cansados a la meta.*

alcanzar Llegar a juntarse con una persona o cosa que está delante, o llegar a tocar algo con la mano. *¡No corras tanto! Te* alcanzaré *de todos modos.*

extenderse Ocupar un espacio. *La huerta* se extiende *hasta el muro.*

lleno, -na Ocupado o cubierto por completo. *Esta caja está* llena *de botones.*

repleto, -ta Muy lleno. *La representación ha sido un éxito: el teatro estaba* repleto *de público.*

abarrotado, -da Con un número muy grande o excesivo de cosas o personas dentro. *Mi cuarto está* abarrotado *de juguetes.*

llevar Transportar algo o a alguien de una parte a otra. *Clara lleva a Teresa en brazos a la cama.*

trasladar Cambiar de lugar una cosa o persona. *Trasladé al trastero los libros que ya no utilizaba.*

remolcar Llevar algo arrastrando o tirando de ello. *El coche averiado fue remolcado por la grúa.*

llorar Derramar lágrimas porque se siente una fuerte emoción o una molestia en el ojo. *Lloré de alegría cuando regresaron mis padres del largo viaje.*

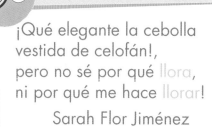

¡Qué elegante la cebolla
vestida de celofán!,
pero no sé por qué llora,
ni por qué me hace llorar!

Sarah Flor Jiménez

sollozar Respirar haciendo ruido cuando se llora. *Como me da vergüenza llorar en el cine, sollozo bajito y sin hacer ruido.*

gimotear Gemir con poca fuerza o sin motivo. *Deja de gimotear, que no te vas a salir con la tuya.*

lamentarse Llorar o quejarse para mostrar dolor. *En vez de lamentarte por tu suspenso, estudia para aprobar el próximo examen.*

lluvia Agua que cae de las nubes en forma de gotas. *Tras la lluvia, es fácil ver caracoles en el prado.*

llovizna Lluvia ligera. *No merece la pena abrir el paraguas por esta suave llovizna.*

chaparrón Lluvia fuerte y abundante que suele durar poco. *Después del chaparrón, salió el sol enseguida.*

diluvio Lluvia muy fuerte y abundante que, por su intensidad, puede causar inundaciones. *El diluvio fue tan intenso que fue necesario evacuar varias viviendas.*

lugar Espacio que puede ser ocupado por un cuerpo. *No cabe ni una silla más en este lugar.*

posición Puesto que ocupa algo o alguien dentro una clasificación u orden. *Terminó la carrera en sexta posición.*

zona Extensión de terreno limitada. *Exploramos la zona para encontrar un buen sitio de acampada.*

escenario Lugar donde se hace algo. *La habitación de los niños es escenario de muchos juegos.*

m

maestro, -tra Persona que enseña, especialmente a los más pequeños. *Don Alberto fue mi maestro en primer curso.*

profesor, -ra Persona que se dedica a la enseñanza, a todos los niveles. *Mi madre es profesora de música.*

monitor, -ra Persona que enseña alguna actividad deportiva o cultural. *La monitora del campamento nos enseña a construir bonitas cometas.*

a b c d e f g h i j k l m n ñ o p q r s t u v w x y z

malo, -la Que no es lo bueno que debería. *No hay que comer chucherías porque son malas para nuestra salud.*

malvado, -da Persona o acto muy malo y cruel. *Y la malvada bruja encerró a los niños en una mazmorra.*

peligroso, -sa Que puede ocasionar un mal. *Cruzar cuando el semáforo está en rojo es peligroso.*

travieso, -sa Persona o animal inquieto y al que le gusta jugar. *Chucho es un perro muy travieso.*

Chucho, no seas travieso. Devuélveme la zapatilla.

manchar Ensuciarse o poner sucia una cosa. *Manchó la pared con sus lápices de colores.*

salpicar Hacer que salte en pequeñas gotas un líquido por un choque o movimiento brusco, de forma que moje lo que está cerca. *Al saltar a la piscina, Armando salpicará a Mirta.*

emborronar Manchar con borrones de tinta y garabatos un papel. *Gloria, no emborrones mis trabajos, porque tengo que enseñárselos al profesor.*

mandar Dar órdenes a alguien para decirle lo que tiene que hacer. *En el ejército, el capitán manda más que el sargento, y el sargento más que el cabo.*

ordenar Mandar que se haga una cosa. *La azafata ordenó a los pasajeros que se abrocharan los cinturones.*

gobernar Dirigir o mandar a otras personas. *En las democracias se hacen votaciones para elegir entre todos a las personas que nos gobiernan.*

reinar Gobernar un rey o príncipe su país. *Muchos cuentos y fábulas dicen que el león reina sobre los otros animales de la selva.*

máquina Instrumento creado por las personas para hacer el trabajo más fácil. *La calculadora es una máquina que permite hacer cuentas muy deprisa y sin errores.*

aparato Objeto formado por un conjunto de piezas que realizan una función. *Apaga el aparato de radio.*

instrumento Objeto que se emplea para hacer una cosa. *El metro es un instrumento que se utiliza para medir.*

herramienta Instrumento para realizar un trabajo manual. *El martillo es una herramienta que se usa para clavar puntas.*

médico, -ca Persona que ha estudiado la carrera de Medicina y que se dedica a curar enfermos. *Mi tía es médica y trabaja en el hospital.*

A mi burro, a mi burro le duele el corazón, el médico le ha dado jarabe de limón.

cirujano, -na Médico especializado en curar las enfermedades por medio de operaciones. *La cirujana me operó de la garganta.*

pediatra Médico especializado en curar niños. *En el hospital infantil, los pediatras visten batas de colores.*

medio Que está en la parte central de una cosa o entre dos cosas, lugares, momentos o sucesos. *Primero parte la pizza al medio y después en ocho pedazos.*

centro Punto medio de una cosa. *Lancé el dardo al centro de la diana.*

núcleo Parte central y principal de una cosa. *El núcleo de la Tierra está muy caliente.*

mentira Lo que se dice sabiendo o pensando que no es verdad. *A Pinocho le crecía la nariz cuando decía una mentira.*

engaño Lo que se dice o hace para que alguien crea que es verdad lo que no es. *¡Qué engaño! Dices que no quedan galletas y es mentira.*

miedo Sensación de alerta y angustia ante un peligro real o imaginario. *Me dan miedo los ruidos de la casa cuando estoy a oscuras.*

susto Impresión repentina que sorprende o da miedo. *Le esperé tras una esquina para aparecer de repente y darle un susto.*

temor Inquietud o miedo que nos provoca algo que nos parece malo. *Siento temor a los perros violentos.*

pánico Gran miedo o temor intenso. *Cuando me quedé atrapado en el ascensor, sentí mucho pánico.*

La jirafa Rafaela
usa gafas de su abuela,
porque desde allá arribota
no ve ni hache ni jota.

Carmen Gil Martínez

mirar Fijar la vista en una cosa. *Mira atentamente este cuadro y dime qué te sugiere.*

ver Percibir con los ojos. *Me siento en la primera mesa porque no veo bien.*

observar Mirar con atención. *Con los prismáticos observo el vuelo de las águilas.*

vigilar Fijarse en lo que hace alguien. *Dos policías vigilan día y noche a los sospechosos.*

ojear Mirar rápidamente y sin fijarse demasiado. *Mientras te esperaba, estuve ojeando escaparates.*

misterio Cosa secreta u oculta, que no se puede comprender ni explicar. *Sherlock Holmes es un detective famoso por resolver oscuros misterios.*

¿Sabías que Sherlock Holmes es un personaje creado por el escritor Arthur Conan Doyle?

secreto Lo que se mantiene oculto para que no se conozca. *Guardo mi diario en un lugar secreto para que nadie lo lea.*

enigma Cosa difícil de comprender o de significado oculto. *Este problema de matemáticas es un enigma para mí y no acabo de entenderlo.*

intriga Interés por conocer el desenlace de un determinado asunto. *Voy a leer este libro rápidamente porque tengo intriga por saber el final.*

mojado, -da Impregnado de agua u otro líquido. *Me gustan las galletas mojadas en leche.*

húmedo, -da Ligeramente mojado. *Si limpias la mesa con un paño húmedo quedará mejor.*

empapado, -da Completamente mojado y penetrado de líquido. *No tiendas la ropa así de empapada, escúrrela antes un poco.*

molestar Hacer que alguien esté incómodo o disgustado. *El periodista molestó al famoso actor con sus preguntas indiscretas.*

fastidiar Causar enfado, aburrimiento o disgusto una cosa. *Me fastidia salir ahora a la calle con el frío que hace.*

irritar Hacer sentir enfado. *Me irrita que me acusen de algo que no he hecho.*

montaña Gran elevación natural del terreno. *El Everest es la montaña más alta del mundo.*

cordillera Serie de montañas enlazadas entre sí. *La cordillera de los Andes es la más larga del mundo y atraviesa siete países de América del Sur.*

volcán Montaña por la que salen fuego, lava y gases del interior de la Tierra. *Normalmente, los volcanes permanecen apagados muchos años antes de entrar en erupción.*

mostrar Poner algo ante la vista de otras personas. *¿Quieres que te muestre los cuadros de mi exposición?*

indicar Dar a entender una cosa con indicaciones o señales. *Esta flecha indica que debemos continuar en esta dirección.*

presentar Dar a conocer una cosa o persona a alguien. *Ven, te presentaré a todos mis amigos.*

exhibir Mostrar en público. *El domador exhibe las habilidades de su elefante.*

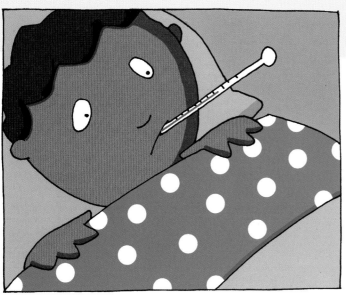

motivo Razón que mueve a hacer algo. *Se desconoce el motivo que provocó el choque entre los dos trenes.*

causa Lo que se considera como origen de algo. *La causa de esta fiebre tan alta es una infección de garganta.*

finalidad Lo que se quiere conseguir al hacer una cosa. *La finalidad de la rifa era conseguir dinero para causas benéficas.*

mover Cambiar algo de sitio o hacer que deje de estar como estaba. *¡No te muevas! Quiero sacarte una foto.*

agitar Mover enérgicamente algo en varias direcciones. *Agita la botella del batido antes de beberlo para que no quede todo el chocolate en el fondo.*

desplazar Mover algo o a alguien que estaba en un sitio. *Desplacé sin querer el cenicero y se cayó al suelo.*

mucho, -cha En gran número o cantidad. *Esta tarde, había muchos niños en el parque.*

suficiente Que no necesita más. *No creo que tenga suficientes caramelos.*

abundante En muchísima cantidad. *Es bueno beber abundante agua.*

demasiado, -da En exceso, más de lo conveniente. *Hoy hace demasiado calor y no me apatece salir a correr.*

mujer Ser humano de sexo femenino. *Las mujeres y los hombres han de tener las mismas oportunidades para estudiar y para trabajar.*

señora Forma respetuosa de llamar a una mujer adulta. *Me perdí y pregunté el camino a una señora que pasaba.*

señorita Forma respetuosa de llamar a una mujer, especialmente si es soltera o trabaja en ciertos puestos. *Señorita, ¿podría decirme si hay abrigos de mi talla?*

chica Mujer joven. *Chicos y chicas jugamos juntos en el patio.*

música Combinación de sonidos y ritmo que suena de forma agradable. *Sigo con el pie el ritmo de la música.*

melodía Sucesión de sonidos agradables que forman una obra musical. *Silbo la melodía de una canción de moda.*

canto Sonidos melodiosos que se hacen con la voz. *Los jueves voy a clases de canto.*

ritmo Velocidad y disposición con que se suceden armoniosamente los sonidos en una obra musical o literaria. *El vals tiene un ritmo lento y regular.*

nacer Tener principio una cosa, especialmente la vida de las personas, animales y plantas. *Recogimos a Luna pocos meses después de nacer.*

empezar Dar principio a algo. *Empieza tú la canción, que yo te sigo.*

brotar Empezar a manifestarse una cosa, especialmente las nuevas ramas y flores de las plantas. *Las flores de los cerezos brotan en primavera.*

a b c d e f g h i j k l m n ñ o p q r s t u v w x y z

necesario, -ria Que hace falta para lograr un fin. *Para telefonear es necesario descolgar el teléfono.*

obligatorio, -ria Que tiene que hacerse o cumplirse forzosamente. *Asistir a clase es obligatorio hasta los dieciséis años.*

indispensable Que es preciso para alguna cosa, hasta el punto de que no se podría hacer sin ello. *Para hacer pan es indispensable la harina.*

necesitar Hacer falta una cosa o persona. *Necesito que un fontanero arregle este grifo.*

pedir Reclamar o rogar a alguien lo que se quiere o necesita. *¿Cuántas entradas has pedido?*

carecer No tener alguna cosa. *Mi ciudad carece de suficientes polideportivos.*

nervioso, -sa Excitado e impaciente. *Martín está nervioso porque es su primer día en el instituto.*

inquieto, -ta Que se cansa pronto de lo que hace y comienza a hacer otra cosa. *Mara no para un segundo, es muy inquieta.*

intranquilo, -la Que ha perdido la serenidad, por estar nervioso o preocupado. *Mis padres están intranquilos porque llegamos tarde de la excursión.*

niño, -ña Persona que está en sus primeros años de vida. *Estamos viendo fotos de cuando nuestra mamá era una niña.*

bebé Niño recién nacido o de pocos meses. *Era un bebé rollizo y de pelo castaño.*

adolescente Persona que está pasando la niñez y comienza el desarrollo para convertirse en adulto. *En esta otra foto ya es una adolescente.*

nombre Forma de llamar a una cosa, animal o persona para distinguirlo de los demás. *El nombre de mi hermana es Teresa, pero todos la llamamos Tesa.*

mote Nombre que se suele dar a una persona fijándonos en algo que nos llama la atención. *Le pusieron el mote de "Zanahoria" porque era pelirrojo.*

seudónimo Nombre que una persona utiliza cuando no quiere usar el suyo verdadero. *Leopoldo Alas fue un escritor español cuyo seudónimo era "Clarín".*

normal Que no extraña que suceda porque pasa frecuentemente. *Es normal que suba la fiebre cuando se tiene gripe.*

acostumbrado, -da Que pasa de forma habitual. *Estoy dando mi acostumbrado paseo diario.*

común Corriente, que se da con frecuencia. *Mi número de calzado es muy común y por eso me resulta tan difícil encontrar zapatos en rebajas.*

noticia Comunicación de algo que sucede y no era conocido, sobre todo si el hecho es importante y reciente. *En el periódico leí la noticia de que en el parque habría una representación de guiñol.*

novedad Algo nuevo o que acaba de ocurrir. *Me gusta que vengas a verme y me cuentes todas las novedades del pueblo.*

reportaje Información periodística sobre una persona o un hecho. *Leí un reportaje sobre cómo viven los niños en un poblado de África.*

exclusiva Noticia que se facilita a un periodista y que los demás no conocen. *Ese programa tiene la exclusiva de la entrevista con el rey.*

nuevo, -va Cosa que ha sido hecha hace poco o persona que acaba de llegar a un sitio. *Sam no encuentra la biblioteca porque es nuevo en la ciudad y está un poco despistado.*

reciente Que hace poco tiempo que se hizo o que sucedió. *Toma los bollos ahora, que están muy recientes y calentitos.*

moderno, -na Que existe desde hace poco tiempo y está a la moda. *Este es el disco más moderno de ese grupo: acaba de salir.*

número Signo con que se expresa una cantidad. *Mi número de teléfono es 143 65 45 25.*

cantidad Cualidad de las cosas que se pueden medir y contar. *Tengo más cantidad de canicas en la mano derecha que en la izquierda.*

ordinal Que indica la posición en un orden. *Segundo es el ordinal para lo que va detrás del primero y delante del tercero.*

cardinal Número que expresa cuántas son las personas o cosas de que se trata, sin indicar su orden. *Tres es un número cardinal.*

ñ

ñoño, -ña Con poco ánimo y gracia. *Eres un ñoño. ¡A quién se le ocurre quedarse con los mayores en vez de venir a jugar conmigo!*

cursi Persona o cosa que quiere pasar por fina y elegante, sin serlo, resultando ridícula. *¡Qué cursi! Venir a jugar al baloncesto con esos zapatos.*

soso, -sa Que no tiene gracia, viveza y expresividad. *No seas soso y ven a bailar con nosotros.*

obedecer Hacer alguien lo que se le manda. *¿Has visto? Mi perro siempre obedece cuando le doy una orden.*

respetar Obedecer una orden o tener en cuenta una norma. *Respeto las reglas del colegio y nunca llevo calzado deportivo a clase.*

cumplir Realizar un deber, una orden, una promesa, un encargo o un deseo. *Me dijiste que pusiera la mesa y ya lo he cumplido.*

a b c d e f g h i j k l m n ñ o p q r s t u v w x y z

ocultar Poner una cosa fuera de la vista. *Busca los seis animales que se ocultan en el dibujo.*

camuflarse Dar a una cosa el aspecto de otra para que no se distinga con claridad y quede oculta. *El tigre se camufla con su pelaje en la selva para que sus presas no huyan de él.*

esconder Poner una persona o cosa en un lugar secreto y poco visible para que nadie la encuentre. *Escondí mi regalo en el fondo del armario para que fuera una sorpresa el día de la fiesta.*

odiar Sentir tanto disgusto hacia algo o alguien que se desee su mal. *Odio con todas mis fuerzas las guerras y el hambre.*

rechazar Mostrar antipatía o desprecio hacia una persona, grupo, comunidad, etc. *No hay por qué rechazar a las personas de otra raza o religión.*

detestar Sentir rechazo hacia alguien o algo. *Detesto tener que esperar a los que siempre llegan tarde.*

ofender Tratar mal a alguien o decirle cosas desagradables con intención de herirle. *No pretendía ofenderte al decirte que podías hacer mejor las cosas.*

insultar Provocar a alguien con palabras o acciones para irritarle. *Le insulté llamándole gallina, a ver si así se atrevía a montar en la noria.*

despreciar Portarse mal con alguien para que sienta que no lo queremos. *No desprecies a las personas que no son como tú.*

ofrecer Prometer, dar o prestar de forma voluntaria una cosa. *Te ofrezco mi ayuda para todo lo que necesites.*

obsequiar Dar regalos o tener atenciones con alguien. *Los organizadores de la fiesta obsequiaron con caramelos y chicles a todos los niños que participaron en la piñata.*

dedicar Destinar a una persona un libro, una canción, un poema, etc. *Este poema que he escrito se lo dedico a mi madre.*

invitar Dar u ofrecer de forma voluntaria una cosa agradable a una persona. *El día de su cumpleaños, Óscar invitó al cine a todos sus amigos.*

oler Percibir los aromas o producirlos. *Cuando estamos acatarrados, casi no podemos oler las cosas.*

olfatear Oler con atención y repetidas veces. *Mi perro olfatea el rastro del gato de los vecinos.*

apestar Oler mal. *Date una ducha, que apestas.*

perfumar Producir o extender un aroma agradable. *Las flores perfumaban la habitación.*

olvidar No tener en la memoria, ni en el pensamiento, una cosa o a una persona. *Como he olvidado las llaves, no puedo entrar en casa.*

arrinconar Dejar una actividad o a una persona de lado, sin hacerle caso. *Siempre arrinconas tus juguetes viejos en ese baúl.*

descuidar Desatender a una persona o una obligación. *No puedes descuidar a tu mascota: tienes que sacarle a dar su paseo diario y cuidar su alimentación.*

despistarse Olvidar algo por estar distraído con otra cosa. *Me despisté y ahora no sé en qué calle estoy.*

ordenador Máquina electrónica que contiene y trata mucha información de forma rápida y exacta por medio de programas. *He instalado un programa en mi ordenador para retocar fotos.*

equipo informático

Conjunto de aparatos que forman o complementan un ordenador. *Hemos comprado un teclado nuevo para el equipo informático.*

En Hispanoamérica se llama computadora al ordenador.

orgulloso, -sa Que está tan contento consigo mismo y sus cosas que se cree mejor que los demás. *Se siente muy orgulloso de sus notas.*

presumido, -da Que se arregla mucho o se exhibe para que los demás le admiren. *La Ratita Presumida tenía muchos admiradores.*

soberbio, -bia Que es muy orgulloso y trata a los demás con desprecio. *No seas tan soberbia y admite que estás equivocada.*

orilla Extremo o límite de una cosa, especialmente de la tierra que está junto al agua de un río, mar o lago. *Con lo que he recogido en la orilla del mar, me haré un bonito collar.*

borde Extremo u orilla de alguna cosa. *Coloca las espinas en el borde del plato para que no te las comas sin darte cuenta.*

ribera Zona cercana a un mar o río. *Mis padres tienen una finca en la ribera del río.*

límite Término de una cosa. *Esta línea que ves en el mapa es el límite entre España y Francia.*

oscuro, -ra Que no tiene luz o claridad. *La habitación estaba oscura y me tropecé con la silla.*

sombrío, -a Lugar en el que hay sombra y poca luz. *Si bajas las persianas, la habitación estará fresca y sombría.*

apagado, -da De color o brillo poco vivo. *No me gusta este vestido porque tiene unos colores muy apagados.*

pacífico, -ca Que suele estar tranquilo, sin buscar problemas. *Dani es un niño muy pacífico: nunca se pelea con otros niños.*

manso, -sa Que está tranquilo y no se enfada aunque las cosas vayan mal. *Aunque parezca increíble, este león es muy manso.*

sereno, -na Persona tranquila que no se deja dominar por ninguna situación, aunque sea peligrosa. *Me mantuve muy sereno durante todo el partido, aunque íbamos perdiendo.*

¡Ay, la vaquita de ordeño, tan mansa, tan silenciosa! ¡Cómo lame al becerrito y cómo mueve la cola!

Manuel Felipe Rugeles

calmado, -da Lento al hablar o actuar. *Tu hermano es muy calmado y se toma su tiempo para hacer cualquier cosa.*

parque En una ciudad o pueblo grande, terreno con plantas donde se va a pasear, hacer deporte o jugar. *Fui al parque para reunirme con mis amigos.*

parque de atracciones Lugar en que tenemos el tiovivo, la noria, la montaña rusa y todo tipo de entretenimientos. *La noria es la atracción que más me gusta del parque de atracciones.*

parque acuático Lugar donde hay atracciones y juegos que tienen que ver con el agua, como toboganes y piscinas. *Me gusta ir al parque acuático en verano, cuando hace calor.*

parque zoológico Lugar, generalmente al aire libre, donde se pueden ver sin peligro animales de todo tipo. *En el parque zoológico pudimos ver un divertido espectáculo con leones marinos.*

parte Lo que se separa de un conjunto. *Dividimos el trabajo en partes.*

pieza Elemento que forma parte de una cosa y que tiene una función determinada. *No encuentro la pieza que me falta para terminar el puzle.*

porción Cantidad de algo que corresponde a cada una de las personas entre las que se reparte. *Corta la tarta en cinco porciones iguales.*

pedazo Trozo que se parte de una cosa. *El plato cayó al suelo y se rompió en pedazos.*

peligro Circunstancia en la que es posible que pase algo malo. *No respetar las normas de circulación es un peligro.*

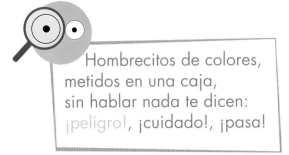

Hombrecitos de colores,
metidos en una caja,
sin hablar nada te dicen:
¡peligro!, ¡cuidado!, ¡pasa!

riesgo Posibilidad de daño o pérdida. *Si no te abrigas, corres el riesgo de acatarrarte.*

amenaza Anuncio de un mal o peligro. *Ante la amenaza de quedar aislados por la nieve, todos los vecinos del pueblo almacenaron comida y leña.*

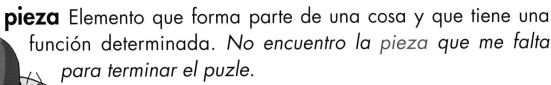
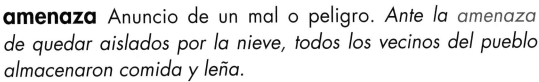

pelo Lo que nace entre los poros de la piel del ser humano y de algunos animales, y el conjunto de todos ellos. *Voy a limpiar los pelos que mi perro ha dejado en el sofá.*

cabello Pelo de la cabeza de una persona. *Se recoge el largo cabello en una bonita trenza.*

Del barco que yo tuviera,
serías la costurera.
Las jarcias, de seda fina;
de fina holanda, la vela.
–¿Y el hilo, marinerito?
–Un cabello de tus trenzas.

Rafael Alberti

vello Pelitos cortos y suaves que salen en ciertas zonas del cuerpo de una persona. *A Miguel le está empezando a salir vello en el bigote.*

melena Cabello largo y suelto. *Marina tiene una melena morena y lisa.*

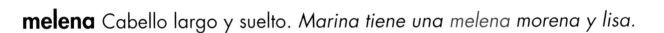

pensar Formar ideas en la cabeza sobre algún tema. *Después de pensar mucho en lo que me dijiste, creo que tienes razón.*

meditar Pensar con mucha concentración. *Pasé muchas horas meditando antes de tomar una decisión porque tenía miedo de equivocarme.*

opinar Expresar la idea u opinión que tenemos sobre alguien o algo. *Opino que se debería informar más sobre los efectos del cambio climático.*

pequeño, -ña De poco espacio, estatura, tamaño o edad. *Mi hermana pequeña es cinco años menor que yo.*

bajo, -ja De poca estatura. *Soy el más bajo de los jugadores del equipo.*

diminuto, -ta De muy poco tamaño. *Las pulgas son animales diminutos y es muy difícil atraparlas.*

perder Dejar de tener una cosa por haberla extraviado. *He perdido mi libro de poemas.*

Gallinita ciega,
¿qué se te ha perdido?
– Una aguja y un dedal.
– Da tres vueltecitas
y lo encontrarás.

extraviar No estar una cosa en su sitio y no saber dónde está. *No puedo enseñarte las fotos porque se me han extraviado.*

perdonar No tener en cuenta lo que alguien ha hecho mal. *Perdona, te he pisado sin darme cuenta.*

disculpar Comprender las razones por las que alguien nos ha causado un mal o molestia. *Esta vez, disculparé tus continuas ofensas, pero no toleraré que se repitan.*

135

perfecto, -ta Que está completo y tan bien que no se podría mejorar. *Tu equipamiento es perfecto para hacer la excursión por el monte.*

excelente Muy bueno. *Tus notas son excelentes.*

permitir Dar permiso a alguien para hacer una cosa. *El médico no me permite tomar esas medicinas.*

autorizar Aprobar una cosa. *El director de la escuela autorizó que hiciéramos la función de fin de curso en el patio.*

consentir Dejar que se haga una cosa. *No te consiento que me hables con tan poco respeto.*

plan Programa de las cosas que se van a hacer y de cómo hacerlas. *Mi plan consiste en quedarme en casa toda la tarde leyendo un buen libro.*

proyecto Plan muy detallado de algo, que se realiza antes de hacerlo. *Antes de construir una casa, hay que elaborar un proyecto.*

borrador Escrito provisional en que pueden hacerse modificaciones. *Revísame el borrador del trabajo, por favor.*

a b c d e f g h i j k l m n ñ o p q r s t u v w x y z

planta Ser vivo que crece sin poder cambiar de sitio por sus medios. *Las plantas necesitan agua para sobrevivir.*

arbusto Planta de mediana altura, con ramas desde la base. *Mis padres han plantado un seto de arbustos para ocultar la piscina desde la calle.*

árbol Planta con tronco alto cuyas ramas comienzan a salir a cierta altura. *La frondosa copa del árbol proporciona sombra.*

flor Brote de muchas plantas, con hojas de colores, del que se formará el fruto. *En el jardín he plantado muchas flores de colores.*

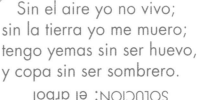

Sin el aire yo no vivo;
sin la tierra yo me muero;
tengo yemas sin ser huevo,
y copa sin ser sombrero.

SOLUCIÓN: el árbol

poco, -ca En cantidad pequeña o no suficiente. *Somos pocos para formar un equipo de fútbol.*

escaso, -sa Que es demasiado poco para estar completo o ser suficiente. *Ayer hizo once meses y medio que vine a vivir aquí, es decir, un año escaso.*

insuficiente Que no es bastante para el fin que se desea. *Media docena de huevos es insuficiente para hacer las tortitas.*

posible Que puede ser u ocurrir. *Es posible que compre algo en las rebajas porque hay cosas interesantes.*

probable Lo que es muy posible que suceda. *No es probable que encontremos gnomos en nuestro jardín.*

creíble Que parece razonable creer que suceda o haya sucedido. *El argumento del libro es bastante creíble, porque cuenta una historia que puede sucederle a cualquiera.*

precio Valor en dinero que se da a una cosa. *En la época de rebajas, encuentras precios increíbles.*

importe Dinero que cuesta lo que se paga. *El importe de la cena ascendió a 30 euros.*

valor Cualidad de las cosas por la cual se da por poseerlas cierta suma de dinero o algo equivalente. *El valor de las cosas crece cuando son escasas.*

premio Dinero o trofeo que se da por haber ganado en un sorteo o competición, o por haber hecho algo bueno, especialmente si es importante. *Juan Ramón Jiménez recibió el premio Nobel en 1956.*

recompensa Premio que se da por hacer un servicio o un favor. *Los dueños del gato perdido le dieron una recompensa por haberlo encontrado.*

medalla Moneda de metal que se lleva colgada del cuello, enganchada en una cinta o cadena, que se da por haber ganado en una competición deportiva o se concede por haber hecho algo importante. *Gané la medalla de plata por llegar el segundo a la meta.*

trofeo Objeto que se entrega al ganador de una prueba y que simboliza su victoria. *Mi equipo de baloncesto ganó el trofeo provincial.*

prensa Conjunto de periódicos y revistas. *Leo la prensa todos los días para estar bien informada.*

periódico Papel donde se imprimen noticias y anuncios, que sale cada día a la venta. *El periódico Noticias hoy cuenta con un suplemento cultural muy interesante.*

revista Publicación sobre una o más materias que sale cada cierto tiempo, por ejemplo, cada semana o cada mes. *Me gusta ojear las revistas de coches y motos.*

preparado, -da En orden y a punto para su uso. *Tengo todos los ingredientes preparados para hacer la paella.*

listo, -ta Preparado para realizar algo o para ser usado. *¿Estás listo para salir o tenemos que esperarte?*

colocado, -da En el sitio que debe estar. *En la biblioteca, los libros están colocados por materias.*

presumir de Creerse mejor que los demás y alabarse por ello. *Noé no deja de presumir de sus vacaciones en París.*

jactarse de Alabarse excesivamente uno mismo. *Se jacta de ser el que más matemáticas sabe del colegio.*

fanfarronear Presumir de lo que no se es, en especial de valiente. *Aunque fanfarronea delante de los pequeños, es cobarde con los que son más fuertes que él.*

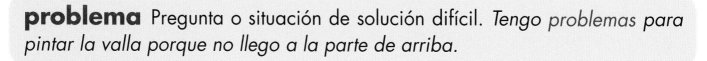

problema Pregunta o situación de solución difícil. *Tengo problemas para pintar la valla porque no llego a la parte de arriba.*

dificultad Inconveniente que impide conseguir, realizar o entender algo bien y pronto. *Hice los ejercicios sin ninguna dificultad porque ya había hecho antes otros parecidos.*

duda Pregunta que necesita una solución, sobre todo si estamos indecisos entre varias. *Tengo una duda: ¿resuelvo la suma antes que la división o al revés?*

profesión Trabajo habitual que se realiza a cambio de un salario. *Su profesión de maestro le parece muy gratificante.*

empleo Puesto de trabajo. *Le han ofrecido un empleo en una tienda.*

oficio Ocupación habitual, sobre todo aquellas para las que no se necesita realizar largos estudios. *Se dedica al oficio de carpintero.*

carrera Conjunto de estudios y experiencia de trabajo. *Su impresionante carrera profesional ha hecho que ascienda cada vez más en su trabajo.*

prohibir Impedir usar o hacer una cosa. *Prohibido entrar con animales.*

denegar Decir que no a una petición. *El profesor le denegó el permiso para salir de clase.*

anular Hacer que algo no sea válido. *La votación ha sido anulada porque, en el recuento, el número de votos no coincidía con el de votantes.*

suprimir Hacer que algo desaparezca. *Suprimí las últimas líneas de la redacción porque era demasiado larga.*

promesa Compromiso de una persona que asegura que va a hacer algo. *Te hice la promesa de venir pronto y la he cumplido.*

juramento Promesa, afirmación o negación de una cosa hecha con gran seriedad. *Declaró bajo juramento ante el juez que no había sido él.*

palabra Compromiso de hacer algo. *Te doy mi palabra de que te ayudaré.*

proponer Plantear algo a una persona con intención de que lo haga. *La tortuga propuso a la liebre hacer una carrera. La liebre era mucho más rápida, pero se descuidó y ganó la carrera la lenta tortuga.*

sugerir Despertar en alguien una idea. *El profesor sugirió que leyese a Lorca.*

insinuar Dar a entender indirectamente una cosa. *No insinúes que he hecho trampas: si no lo puedes demostrar, mejor te callas.*

Nací para cuidar
esto que veo:
para cuidar la lluvia,
para cuidar el viento,
para cuidar al ave,
al pez y a lo pequeño.
Nací para cuidar el universo.

José González Torices

proteger Defender de un posible peligro o daño. *Algunas asociaciones protegen a los animales en peligro de extinción.*

cuidar Ayudar y atender. *Mis padres cuidan de mí y de mi hermanita.*

acoger Dar refugio a alguien que lo necesita. *Montse ha acogido a un niño huérfano.*

próximo, -ma Contiguo en el espacio o en el tiempo. *Prepárate, que eres el próximo en actuar.*

cercano, -na Que no está lejano en el espacio o el tiempo. *Solo se enteraron de lo sucedido los que estaban cercanos.*

vecino, -na Que viven independientemente en un lugar cercano. *Los vecinos del barrio han creado una asociación cultural.*

a
b
c
d
e
f
g
h
i
j
k
l
m
n
ñ
o
p
q
r
s
t
u
v
w
x
y
z

prudente Que hace las cosas tras haberlas pensado y teniendo en cuenta las consecuencias. *La hormiga es más prudente que la cigarra y por eso tendrá comida en invierno.*

sensato, -ta Que piensa y actúa con sentido común. *No es sensato gastarte todos tus ahorros en algo que no vas a usar.*

discreto, -ta Persona que sabe guardar un secreto. *Es difícil enfadarse con alguien tan discreto como tú.*

prueba Experimento que se hace de algo, para saber cómo resultará en su forma definitiva. *La modista hizo una prueba para ver cómo me quedaba el vestido.*

ensayo Prueba que se hace de una cosa para comprobar que todo está bien o, si no, corregirla antes de hacerla definitivamente. *El día anterior a la representación de teatro hicimos un ensayo general.*

examen Prueba que se hace para comprobar cuánto sabemos sobre algún tema. *El examen consistía en una redacción y un dictado.*

queja Expresión de dolor, pena, enfado o desacuerdo. *Tiene quejas del hospital porque no le han tratado bien.*

lamento Queja triste, muchas veces llorando. *Cuando el viento sopla fuerte, a veces su sonido parece un lamento.*

protesta Manifestación de desacuerdo. *Hubo muchas protestas porque no dejaban entrar a los perros en el parque.*

quemar Consumir una cosa por medio del fuego. *En las fiestas de algunos pueblos, se queman cohetes.*

arder Estar encendido por el fuego. *El papel ardió al acercar la cerilla.*

abrasar Convertir en cenizas. *Los bosques se abrasaron tras el incendio.*

chamuscar Quemar algo por fuera. *Las tostadas se me chamuscaron.*

querer Tener deseo de tener o hacer una cosa. *De mayor quiero ser médico.*

ansiar Desear con mucha fuerza. *Lo que más ansío es tener una bicicleta.*

apetecer Tener ganas de una cosa. *¿Te apetece salir ahora o luego?*

aspirar a Intentar conseguir algo que queremos y que sabemos que podemos. *Aspiro a aprobar todo el curso en junio.*

quieto, -ta Que está tranquilo y no se mueve. *Este perro no para quieto ni un momento.*

parado, -da Que no se mueve o no funciona. *El reloj de la pared está parado, así que no te fíes de la hora que marca.*

inmóvil Sin moverse nada. *El mimo permanece inmóvil hasta que depositas una moneda en su sombrero; entonces saluda.*

detenido, -da Parado en su avance. *Los trenes están detenidos en la estación porque las vías están cubiertas de nieve.*

rápido, -da Que se mueve o actúa muy deprisa. *El halcón peregrino es un animal muy rápido.*

ágil Capaz de moverse con rapidez y facilidad. *La pulga es el animal más ágil.*

ligero, -ra De movimientos rápidos. *Los soldados desfilaban a paso ligero.*

r

raro, -ra Poco normal o frecuente. *Es raro que nieve en los países tropicales.*

extraño, -ña Algo fuera de lo común. *Tu amiga lleva un extraño vestido de flecos y volantes.*

inusual Que no se usa, realiza o sucede de forma habitual. *El autobús siempre es puntual; su retraso es inusual.*

recordar Traer a la memoria una cosa. *Recordamos juntos las vacaciones.*

acordarse de No olvidar una cosa. *Me he acordado de todos los recados.*

memorizar Aprender de memoria. *Tengo que memorizar las tablas de multiplicar.*

En el país del Nomeacuerdo
doy tres pasitos y me pierdo.
Un pasito para allí,
no recuerdo si lo di.
Un pasito para allá,
ay qué miedo que me da.
Un pasito para atrás
y no doy ninguno más
porque ya, ya me olvidé
dónde puse el otro pie.

María Elena Walsh

redondo, -da Que tiene forma de círculo o de esfera. *Compré unos pendientes con una bolita redonda de color verde.*

circular En forma de circunferencia. *Trazó una línea circular en la pizarra.*

esférico, -ca En forma de esfera. *El balón es esférico.*

reír Mostrar alegría con sonidos y gestos. *Nos reímos mucho con sus chistes.*

sonreír Reírse levemente, sin ruido. *Mi madre sonrió enternecida cuando vio el dibujo que le hice por su cumpleaños.*

carcajear Reírse de forma muy ruidosa. *Tiene una forma de carcajear que me hace reír a mí.*

desternillarse Reírse mucho y a carcajadas. *Me desternillé viendo Shrek; se me saltaban las lágrimas de risa.*

Tiene agujas y no cose,
no se mueve, pero anda,
si le das cuerda funciona
y el paso del tiempo señala.
SOLUCIÓN: el reloj

reloj Aparato para medir el paso del tiempo. *Mi reloj se atrasa un cuarto de hora.*

cronómetro Reloj muy preciso que sirve para medir tiempos muy pequeños. *El árbitro midió los tiempos de los atletas con su cronómetro.*

despertador Reloj que hace sonar una alarma a la hora que se desea. *Programé el despertador para que sonara a las ocho.*

reñir Corregir con energía a alguien por algo que ha dicho o hecho mal. *El profesor me riñó por copiar en el examen.*

regañar Corregir a alguien con enfado por su mal comportamiento. *Mi madre se disgusta y me regaña si llego muy tarde a casa.*

reprender Llamar la atención a alguien por algo que ha dicho o hecho mal. *El policía me reprendió por cruzar la calle con el semáforo en rojo.*

residir Habitar normalmente en algún lugar. *Nací en Venezuela, pero resido en España.*

vivir Pasar la vida o parte de ella en un país, una casa, etc. *Me gustaría vivir siempre en este edificio.*

alojarse en Dar alojamiento como invitado en casa de otro o como huésped en un hotel o lugar parecido. *En el campamento de verano nos alojamos en tiendas de campaña.*

respeto Trato correcto hacia una persona por admiración o cortesía. *Todas las personas merecen que se las trate con respeto y buena educación.*

admiración Valoración extraordinaria de una persona o cosa por sus cualidades. *La valentía de los bomberos me produce admiración.*

consideración Trato atento y respetuoso que se tiene con una persona. *Ceder el asiento a las personas mayores es una muestra de consideración.*

respuesta Hecho de contestar a una pregunta y lo que se dice cuando te preguntan. *Pregunté a mis padres si podía ir al cine, pero no tuve respuesta.*

solución Resultado que pone fin a un problema, dificultad, duda o pregunta. *La mejor solución para mis problemas dentales es comer menos dulces.*

contestación Lo que se responde a una pregunta. *Tenía bien las contestaciones de todas las preguntas del examen.*

a b c d e f g h i j k l m n ñ o p q r s t u v w x y z

restos Parte que queda de algo. *Los arqueólogos han encontrado restos de una antigua ciudad.*

huellas Señales que deja algo a su paso. *Siguiendo las huellas del zorro, encontramos su madriguera.*

Llevo mi casa al hombro,
camino sobre una pata,
y voy marcando mi huella
con un hilito de plata.
SOLUCIÓN: el caracol

ruinas Restos de uno o más edificios destruidos. *Descubrieron un tesoro enterrado en las ruinas del castillo.*

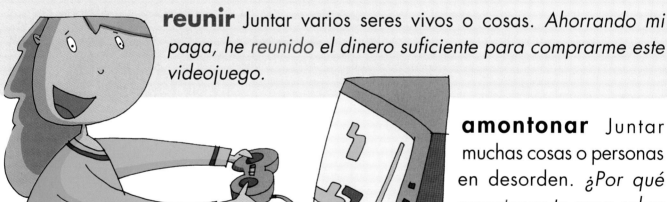

reunir Juntar varios seres vivos o cosas. *Ahorrando mi paga, he reunido el dinero suficiente para comprarme este videojuego.*

amontonar Juntar muchas cosas o personas en desorden. *¿Por qué amontonas tu ropa sobre la silla?*

coleccionar Reunir cosas de la misma clase. *Emy colecciona tarjetas postales de diferentes países.*

concentrar Reunir en un punto determinado. *El capitán concentró a los jugadores en el centro del campo para darles instrucciones.*

rico, -ca Que tiene cosas o dinero en abundancia. *Si algún día llegara a ser rico, construiría una escuela en un poblado de África.*

próspero, -ra Persona a la que le van bien las cosas o asunto que va a mejor. *Ese negocio es muy próspero y se gana mucho dinero con él.*

millonario, -ria Muy rico. *Le tocó la lotería y desde entonces es millonario.*

romper Hacer pedazos una cosa. *Marlene rompió en mil pedazos el jarrón.*

partir Hacer de una cosa varias partes. *Partimos la chocolatina en tres pedazos iguales y cada uno comió el suyo.*

fracturar Romper algo con violencia. *Elisa se cayó cuando montaba a caballo y se fracturó una pierna.*

cascar Romper algo frágil. *Cascó dos huevos para hacer la tortilla.*

rasgar Romper sin ayuda de instrumentos cosas de poca consistencia, como tejidos, papel, etc. *Tiraba cada uno de un lado y se acabó rasgando el papel.*

ropa Cualquier prenda de vestir. *En invierno uso ropa abrigada.*

vestido Conjunto de prendas. También, prenda de vestir de mujer. *Mari asistió a una exposición sobre el vestido a lo largo de la historia.*

traje Conjunto formado por una chaqueta y una falda o un pantalón. También, ropa especial que se usa en algunos trabajos. *Con este traje te queda bien una corbata azul.*

uniforme Traje especial que usan las personas por su trabajo y los niños en algunos colegios. *Las cajeras del supermercado llevan uniforme azul.*

ruido Sonido intenso que no agrada. *Con tanto ruido casi no te oigo.*

sonido Sensación que perciben los oídos. *El sonido del agua es relajante.*

alboroto Voces o ruidos producidos por varias personas. *Los vecinos arman mucho alboroto.*

estruendo Ruido muy fuerte. *Las copas se rompieron con gran estruendo.*

Un día en la cocina
un plato resbaló,
rodó sobre una olla
y el ruido comenzó.
La tapa de la olla
de un brinco se zafó,
cayó sobre los vasos
y a todos los rompió.
Y clink, que los cristales
volaron al mesón,
y clink, las cacerolas
siguieron la función.
Y zas, que se encontraron
cuchillo y tenedor,
y zas, que se enredaron
con un gran cucharón.

Yolanda Reyes

S s

saber Conocer una cosa o estar informado de ella. *No sé cuándo podré devolverte el libro.*

entender Tener una idea clara de algo. *No entiendo bien cómo se producen los eclipses. ¿Me lo puedes explicar otra vez?*

descifrar Intentar comprender algo difícil. *El arqueólogo descifró el jeroglífico con el nombre de Cleopatra.*

a b c d e f g h i j k l m n ñ o p q r s t u v w x y z

salir Pasar de dentro afuera. *Después de merendar en la cocina, salimos a jugar al jardín de la casa.*

surgir Aparecer o hacerse visible. *El agua de la fuente surge de la roca.*

asomar Sacar o mostrar una cosa por una abertura o por detrás de algo. *El pollito ha roto el huevo y comienza a asomar la cabeza.*

saltar Levantarse del suelo con impulso para caer después en el mismo sitio o en otro diferente. *Saltó por encima del charco para no mojarse.*

Chiquitín,
chiquitón,
salta el sapito
saltón.
Cuando salta,
salta largo,
se le cae
el pantalón.

Eugenio Moreno Heredia

brincar Levantarse del suelo con ligereza dándose un impulso. *Las cabras brincan de una roca a otra.*

lanzarse Impulsarse hasta salir despedido. *Se lanzó a sus brazos para darle la bienvenida.*

botar Saltar al chocar contra una superficie dura o con el suelo. *La pelota botó en la pared y vino despedida hacia mí.*

salvar Librar de un peligro. *Las vacunas salvan la vida de muchas personas.*

rescatar Liberar a alguien que se encuentra en apuros y ponerlo en lugar seguro. *El cazador rescató a Caperucita Roja y a su abuela de las garras del lobo.*

librar Evitar a alguien un mal. *Libraré a Cristina del castigo si pide perdón.*

auxiliar Prestar ayuda a alguien que lo necesita. *Un señor muy amable me auxilió cuando me caí en la calle.*

seco, -ca Sin jugo o humedad. *En verano, el río esta casi seco y no podemos bañarnos.*

marchito, -ta Sin fuerza ni frescura. *Las flores del jarrón están marchitas porque no les pusiste agua.*

árido, -da Terreno que produce poco por falta de humedad. *Los egipcios construyeron canales para poder cultivar las áridas tierras del desierto.*

secreto, -ta Lo que se mantiene callado y oculto para que no lo sepan los demás. *No cuentes esto a nadie, es un secreto.*

misterioso, -sa Lo que no se puede comprender ni explicar. *Los libros de Harry Potter son misteriosos.*

enigmático, -ca Difícil de comprender y explicar. *Esta película es muy enigmática y complicada.*

oculto, -ta Escondido para que nadie lo vea ni lo conozca. *Mis amigos y yo estamos ocultos porque jugamos al escondite.*

seguir Continuar con lo empezado. *Mi amiga eligió seguir estudiando música este curso.*

insistir Hacer varias veces una petición o acción para conseguir lo que se quiere. *Insistí tanto que al final me dejaron ir al concierto de jazz.*

repetir Hacer o decir otra vez algo que ya se ha dicho o hecho antes. *Repito varias veces cada pieza en el piano para aprenderla bien.*

continuar Permanecer haciendo lo comenzado. *Debo continuar ahora estudiando la lección que dejé a medias ayer por la tarde.*

señal Signo externo que se pone en una cosa o huella que deja, que sirven para reconocerla o seguirla después. *Deja una señal para saber cuál es la última página del libro que has leído.*

marca Señal que se hace en una persona, animal o cosa para distinguirla de otras. *Puse una marca con mi nombre en mi cuaderno.*

rastro Huella que deja alguien a su paso. *Los cazadores siguieron el rastro del elefante por la selva.*

cicatriz Señal que deja una herida ya curada en la piel. *Aún tengo la cicatriz de la herida que me hice esquiando.*

solo, -la Sin nadie que le rodee. *Robinson vivió solo en una isla desierta hasta que encontró a Viernes.*

¿Sabías que Robinson Crusoe es el protagonista de una novela de Daniel Defoe?

solitario, -ria Que le gusta estar sin gente alrededor. *Vive en un pueblo casi deshabitado porque es muy solitario.*

incomunicado, -da Que no es posible ponerse en contacto con él. *La nevada nos dejó incomunicados en la montaña.*

aislado, -da Que es muy difícil llegar a él. *El bosque se encuentra en un lugar aislado, al que no se puede ir en coche.*

sombrero Prenda de vestir que cubre la cabeza y tiene una copa y un ala. *Mi tío usa un sombrero de fieltro de ala ancha.*

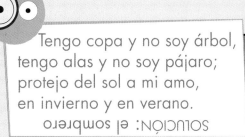

Tengo copa y no soy árbol,
tengo alas y no soy pájaro;
protejo del sol a mi amo,
en invierno y en verano.
SOLUCIÓN: el sombrero

boina Gorra sin visera, redonda, de lana y generalmente de una sola pieza. *Mi abuelo, el que vive en el pueblo, usa boina.*

gorro Prenda de tela o punto para cubrir y abrigar la cabeza. *Me compré una bufanda a juego con el gorro y los guantes.*

visera Gorra que tiene un ala pequeña en la parte delantera para proteger los ojos del sol. *Cuando hace sol me gusta ponerme una visera.*

casco Gorra dura, generalmente de metal, para proteger la cabeza. *Siempre que voy en bicicleta me pongo casco.*

sorprender Resultar algo extraño porque no lo esperamos o porque no sucede con frecuencia. *Me sorprendió verte, porque pensé que estabas de viaje.*

desconcertar Quedar sorprendido ante lo que no se esperaba. *Quedé desconcertado por la nota porque pensé que me había salido mal el examen.*

extrañar Encontrar raro algo, por ser poco habitual. *Me extrañó que llegara tarde al cine, porque suele llegar el primero.*

impresionar Sentir una emoción fuerte. *Me impresiona lo bien que cantas.*

suave Liso y blando al tocarlo.

"Platero es blando, peludo y suave como si fuera todo de algodón".

esponjoso, -sa Que se parece a una esponja porque es mullido y suave. *La mousse de chocolate es esponjosa.*

sedoso, -sa Que se parece a la seda por su gran suavidad. *Tiene el pelo largo y sedoso.*

¡Qué altos
los balcones de mi casa!
Pero no se ve la mar.
¡Qué bajos!
Sube, sube, balcón mío,
trepa al aire, sin parar:
sé terraza de la mar,
sé torreón de navío.
–¿De quién será la bandera
de esa torre vigía?
–¡Marineros, es la mía!

Rafael Alberti

subir Pasar de un lugar a otro más alto o trasladar algo a un sitio elevado. *Subió en una silla para descolgar el cuadro.*

ascender Subir a un lugar más alto. *Ascendió a pie al segundo piso.*

escalar Subir a gran altura. *Los alpinistas escalaron la montaña.*

montar en Subirse encima de algo o de alguien. *Ayudé a mi hermana a montar en el caballo.*

suceso Lo que pasa, especialmente si es importante. *El telediario informa de los sucesos de actualidad.*

hecho Algo que ha sucedido en realidad. *Te ha contado los hechos como sucedieron, no se ha inventado nada.*

El día en que llovió leche
salieron todos los gatos
sacando la lengua largo
llevando en la mano un plato.
Las vacas se preocuparon
de suceso tan notable
y sacaron un acuerdo
en pro del agua potable.

Soledad Fernández de Córdova

anécdota Narración breve de algo curioso que ha sucedido. *Mi abuelo siempre cuenta anécdotas de su juventud.*

sucio, -cia Con manchas o impurezas. *Cámbiate de ropa, que está sucia.*

desaseado, -da Que no se limpia y arregla lo suficiente. *Báñate, que tienes un aspecto muy desaseado.*

contaminado, -da Que no es puro, porque hay en él sustancias perjudiciales. *El aire de las ciudades está contaminado por el humo de los coches.*

sujetar Retener algo con fuerza para que no se caiga o no se mueva. *Sujeta la puerta para que pueda pasar.*

agarrar Sujetar con fuerza con la mano. *Agarra bien la bolsa, que pesa.*

sostener Sujetar algo para que no se caiga. *Sostén al bebé en tus brazos.*

tamaño Lo grande o pequeña que es una cosa. *Estas cajas están ordenadas según su tamaño.*

medida Cada una de las unidades empleadas para calcular la longitud, la altura, el volumen, la capacidad, etc. *No sé las medidas de mi habitación.*

volumen Espacio ocupado por un cuerpo. *Mide el volumen de este cuerpo en metros cúbicos.*

longitud Distancia que hay entre los extremos de una cosa. *El árbol del jardín tiene tres metros de longitud.*

capacidad Espacio que tiene una cosa para contener otras. *El estadio tiene capacidad para setenta mil espectadores.*

tener Ser dueño de una cosa o disfrutarla. *Tenemos una camiseta parecida.*

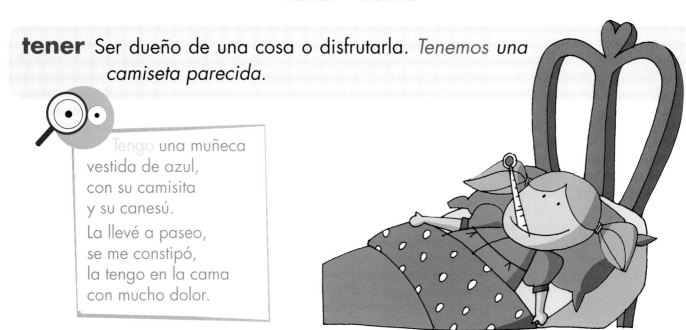

Tengo una muñeca
vestida de azul,
con su camisita
y su canesú.
La llevé a paseo,
se me constipó,
la tengo en la cama
con mucho dolor.

poseer Tener algo tuyo. *El actor Marc Brandt posee varias mansiones.*

disfrutar de Poder utilizar algo y aprovechar sus ventajas. *Disfrutamos de muchos lujos y comodidades.*

tierno, -na Que es cariñoso y amable. *Mi abuelita es muy tierna y protectora conmigo.*

blando, -da Que no suele reñir o castigar con dureza, y le cuesta decir que no. *Sus padres le educan mal porque son demasiado blandos con él.*

afectuoso, -sa Que muestra cariño en su forma de comportarse. *Blas y Tommy se despidieron con un afectuoso abrazo.*

sensible El que suele dejarse llevar por la compasión y la ternura. *Soy tan sensible que lloro en todas las películas.*

tímido, -da Persona a la que le cuesta hablar delante de otras personas. *Estela es muy tímida y se sonroja cuando habla ante sus compañeros.*

vergonzoso, -sa Que le da vergüenza hacer o decir algunas cosas. *Se pone colorado con frecuencia porque es muy vergonzoso.*

reservado, -da Que no habla con facilidad de sus cosas. *No habla mucho de sus sentimientos porque es muy reservado.*

cohibido, -da El que no actúa como quisiera porque hay algo o alguien que le hacen sentir incómodo. *Me siento cohibido cuando hay visitas en casa.*

tirar Lanzar algo con la mano o derribarlo. *No tires papeles al suelo.*

arrojar Tirar algo lejos o al suelo. *Arrojó la llave por la ventana.*

disparar Enviar lejos una cosa; también, lanzar balas o flechas con un arma. *Luis disparó la flecha hacia la diana.*

tumbar Hacer caer un ser vivo u objeto. *En la feria, tumbé todos los botes con la pelota y gané un muñeco.*

trabajo Actividad útil, especialmente la que se realiza para ganar dinero. *Me he buscado un trabajo cuidando niños y así tener dinero para mis gastos.*

ocupación Actividad que impide dedicar el tiempo a otra cosa. *Con tantas ocupaciones casi no tengo tiempo libre.*

esfuerzo Empleo de energía física o mental para realizar algo. *Hizo un último esfuerzo para terminar la carrera.*

trampa Sistema o aparato que se emplea para cazar animales con engaño. *Una ratonera es una trampa para cazar ratones.*

lazo Trampa hecha con hilos de alambre retorcido con un nudo corredizo fijo a una estaca que sirve para atrapar conejos. *Mi padre aprendió a colocar lazos cuando vivía en el campo.*

cepo Trampa que se cierra cuando el animal la toca. *El jabalí quedó aprisionado en el cepo.*

triste Sin alegría por causa de un dolor o un mal. *Cuando estoy triste tengo ganas de llorar.*

Iba un erizo
andando por el polo.
Iba muy triste
(no porque fuera erizo),
iba triste porque estaba solo.
Gloria Fuertes

abatido, -da Sin ánimo o fuerzas. *Está muy abatido desde que se cambió de ciudad.*

melancólico, -ca Con una tristeza profunda y permanente. *Me ponen melancólico los días de lluvia.*

u

último, -ma Que no tiene nada o a nadie después. *Soy el último de la fila, porque todos los demás llegaron antes que yo.*

META

Es el delfín, señores,
y como muchas veces,
el delfín llegó el último
en la carrera de peces.
El delfín fue "el del-fin".

Gloria Fuertes

final Que termina una cosa. *Aún no he aprendido la estrofa final de la canción.*

definitivo, -va Que está completamente terminado y no va tener cambios. *El resultado de las elecciones ya es definitivo.*

a
b
c
d
e
f
g
h
i
j
k
l
m
n
ñ
o
p
q
r
s
t
u
v
w
x
y
z

unir Hacer de dos o más cosas una sola, o juntar cosas o personas. *La leche y el cacao se* unen *en el batido de chocolate.*

emparejar Formar un grupo de dos. *Empareja los calcetines iguales y guárdalos juntos.*

casar Unir o juntar una cosa con otra con la que se corresponde. *No encuentro la pieza del puzle que* casa *en este lugar.*

usar Utilizar una cosa o ponérsela. *Uso lentes para ver de lejos.*

emplear Hacer servir las cosas para un fin. *El bolígrafo se* emplea *para escribir.*

vestir Llevar puesta una prenda de ropa. *Me gusta* vestir *ropa deportiva.*

útil Que sirve para algo. *Hacer esquemas es* útil *para estudiar.*

conveniente Adecuado en un momento o para una situación. *Sería* conveniente *que le dijeras la verdad a tu madre ahora.*

beneficioso, -sa Bueno para lograr algo. *Cuando hace mucho calor, es* beneficioso *beber agua para que nuestro cuerpo recupere líquido.*

eficaz Que da buen resultado. *La aspirina es* eficaz *contra el dolor.*

vacío, -a Que no hay cosas, ni gente en él. *Cuando los envases están vacíos, los deposito en el contenedor de reciclaje.*

libre Que no está ocupado. *El banco del parque está libre.*

deshabitado, -da Lugar donde no vive nadie o casi nadie. *Este pueblo está deshabitado y solo quedan las casas vacías.*

vagar Andar de una parte a otra, sin encontrar lo que se busca. *Mi primo anda vagando por el mundo, sin trabajo fijo ni hogar.*

deambular Caminar sin dirección determinada. *Me perdí y deambulé por el parque hasta que encontré la salida.*

callejear Andar frecuentemente de calle en calle, sin necesidad. *Cuando visita una ciudad nueva, le gusta callejear por ella.*

valiente Que no tiene miedo en las situaciones difíciles y peligrosas. *Los superhéroes son muy valientes y se enfrentan al peligro para ayudar a los demás.*

atrevido, -da Que se decide a realizar actos arriesgados. *El alpinismo es un deporte para atrevidos.*

intrépido, -da El que no teme los peligros y actúa con valentía. *El héroe de la historia es intrépido y siempre lucha contra el mal.*

vehículo Medio de transporte. *Estacionó el vehículo en el aparcamiento.*

coche Vehículo a motor de cuatro ruedas que transporta un número no muy grande de personas y sus equipajes. *En las ciudades hay muchos coches.*

tren Medio de transporte formado por vagones enlazados que son arrastrados por una máquina llamada locomotora y circulan por raíles. *El tren de mercancías pasa a las seis por el paso a nivel.*

autobús Vehículo grande dedicado al transporte de viajeros. *Para ir al gimnasio debo tomar un autobús.*

En Hispanoamérica, las palabras cambian, y utilizamos *auto* y *carro*, para el coche, *colectivo, guagua* o *chiva*, para el autobús. Igualmente, no se *conducen*, sino que se *manejan*; ni se *aparcan*, sino que se *estacionan*.

motocicleta Vehículo a motor de dos ruedas. *Mi hermano está haciendo el examen para conducir una motocicleta.*

bicicleta Vehículo de dos ruedas que se mueve dando pedales. *Para montar en bicicleta hay que mantener el equilibrio.*

viaje Traslado de un lugar a otro. *El viaje al pueblo se me hizo muy largo.*

excursión Viaje corto a una ciudad, museo u otro lugar para divertirse, hacer ejercicio o aprender. *El colegio organizó una excursión a Ávila.*

expedición Viaje de exploración o con fines científicos. *La expedición al Amazonas para estudiar su vegetación fue un éxito.*

crucero Viaje en un barco de recreo, deteniéndose en lugares interesantes para hacer excursiones. *El crucero por el Nilo incluía una visita a El Cairo.*

viajero, -ra Persona que va de un sitio a otro, especialmente si están muy separados. *Los viajeros se asustaron cuando el avión hizo un aterrizaje de emergencia.*

excursionista El que hace un viaje corto para conocer un lugar y divertirse. *Este castillo es visitado por muchos excursionistas los fines de semana.*

explorador, -ra Persona que viaja para conocer lugares lejanos y desconocidos. *Livingstone fue el primer explorador que llegó a las cataratas Victoria.*

peregrino, -na El que va a visitar un lugar sagrado. *Muchos peregrinos recorren el Camino de Santiago a pie.*

victoria Ganar en un juego o deporte. *El tenista sueco logró la victoria en el torneo más importante de la temporada.*

éxito Buen resultado final en algo que se deseaba. *La cantante Marla ha conseguido un gran éxito con su último disco.*

triunfo Premio que se gana por haber vencido o logrado el éxito. *Toda la prensa habló del triunfo de nuestro equipo.*

viento Corriente de aire. *El fuerte viento interrumpió mi paseo.*

Soy el viento, ¡el vientoooo!
A todas partes voy,
de todas partes vengo.
Juan Carlos Martín Ramos

aire Capa de gases que envuelve la tierra, donde está el oxígeno que respiramos, y que sentimos cuando se mueve o está frío. *El aire frío me agrieta los labios.*

brisa Ligero viento que corre junto al mar. *Por la tarde se levantó una agradable brisa.*

vendaval Viento muy fuerte. *El vendaval se llevó la ropa que había tendido para que se secara.*

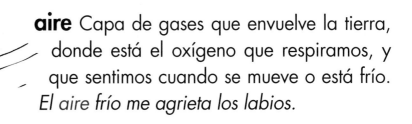

huracán Viento tropical, con lluvias intensas y grandes olas. *Recogimos dinero para entregarlo a las víctimas del huracán.*

volar Ir por el aire, ya sea por medio de alas o en un aparato volador. *Me gustaría poder volar como las águilas.*

revolotear Volar haciendo giros en poco espacio. *Las golondrinas revoloteaban en torno a las miguitas de pan.*

despegar Separarse del suelo un avión cuando va a emprender el vuelo. *El avión hizo mucho ruido al despegar.*

Por come empieza
y volar sabe,
no es un avión,
ni tampoco un ave.
SOLUCIÓN: la cometa

sobrevolar Volar sobre un lugar. *Sobrevoló el desierto con el helicóptero.*

volver Ir otra vez a un sitio donde ya se ha estado. *El próximo verano volveremos de vacaciones a Punta Cana porque nos lo pasamos muy bien allí.*

regresar Volver al lugar del que se salió. *Siempre meriendo en casa cuando regreso del colegio.*

reanudar Continuar algo que había sido interrumpido. *Reanudaremos las clases después del fin de semana.*

vulgar Que no es de buena calidad o no está bien hecho. *Este coche tiene una tapicería muy vulgar.*

corriente Lo que no es especial. *En casa me pongo ropa corriente.*

ordinario, -ria Normal, lo que pasa de forma habitual. *Después de las fiestas, hemos vuelto a la vida ordinaria.*

web Red informática internacional que conecta muchos ordenadores, que pueden intercambiar información. *Escucho programas de radio a través de la web.*

internet Red informática de comunicación internacional que permite el intercambio de todo tipo de información. *Chateando en internet, he contactado con muchas personas de otros países.*

página web Documento situado en una red informática, al que se puede acceder desde los ordenadores conectados. *He encontrado información sobre la exposición de Goya en la página web del museo.*

xilófono Instrumento musical formado por láminas de madera de diferentes tamaños que se golpean con dos pequeños mazos. *¿Dónde están los macillos para tocar el xilófono?*

marimba Tipo de xilófono que se toca en América. *La marimba es símbolo nacional de Guatemala.*

vibráfono Xilófono con láminas de metal en lugar de madera. *El vibráfono fue inventado en 1916.*

yacimiento Lugar donde hay, de modo natural, un tipo de rocas o minerales. *También se llaman yacimientos los lugares donde hay restos históricos.*

mina Conjunto de pozos y pasillos construidos para extraer el mineral de un yacimiento. *Los siete enanitos trabajaban en una mina de oro.*

cantera Lugar al aire libre de donde se extrae piedra o mineral. *En la cantera de mármol utilizan máquinas excavadoras.*

a b c d e f g h i j k l m n ñ o p q r s t u v w x y z

yema Brote de las plantas en forma de botón por el que comienzan a salir las ramas, hojas o flores. *La yema que vimos ayer hoy ya es una ramita.*

capullo Yema de las flores. *El capullo de rosa se ha abierto.*

brote Parte nueva que surge de una planta. *¿Has probado los brotes de soja?*

yeso Sustancia de color blanco, muy blanda, que se endurece rápidamente al mezclarla con agua. *Antes de pintar una pared, se le da yeso para alisarla.*

escayola Yeso que ha sido quemado con el que se moldean figuras o vendas para inmovilizar alguna parte del cuerpo rota. *A mi hermano le pusieron una escayola en la pierna cuando se la rompió.*

cal Sustancia blanca, parecida al yeso, que, mezclada con agua, sirve para pintar paredes. *En Andalucía cubren de cal las paredes de las casas y por eso son tan blancas.*

zalamero, -ra El que hace demostraciones de cariño exageradas. *Tita es una zalamera, le da besos a mi madre cuando quiere que le compre algo.*

adulador, -ra Persona que alaba a alguien cuando está delante para conseguir lo que quiere. *Eres un adulador: solo dices cosas bonitas cuando necesitas algo.*

pelotillero, -ra Quien intenta caer simpático a alguien para conseguir algo. *Margot es una pelotillera; lleva regalos a su jefe para que le suba el sueldo.*

zancadilla Cruzar la pierna cuando pasa alguien para que tropiece y se caiga. *El defensa hizo trampa porque le puso la zancadilla al delantero.*

estorbo Obstáculo que dificulta llegar a un sitio o hacer una cosa. *Esa caja tirada en el suelo es un estorbo.*

tropezón Choque contra un obstáculo que aparece mientras se anda y que puede hacer caer. *Me di un tropezón con el bordillo de la acera.*

a b c d e f g h i j k l m n ñ o p q r s t u v w x y z

zanja Excavación larga y estrecha que se hace en la tierra. *Han hecho una zanja para meter las tuberías del agua.*

cuneta Zanja que hay a cada uno de los lados de un camino o carretera, por donde corre el agua de lluvia. *Iba corriendo y se cayó en la cuneta.*

surco Señal o hendidura que deja una cosa que pasa sobre otra. *Las ruedas de la bicicleta dejaron un surco en el camino.*

trinchera Pasillo o hueco excavado en la tierra en el que se meten los soldados para defenderse de los disparos de los enemigos. *En la película los protagonistas cavaban trincheras.*

acequia Canal excavado por donde se conduce el agua. *Metimos los pies en la acequia para refrescarnos.*

zozobrar Peligrar un barco por el mal estado del mar. *El Titanic era un gran barco de lujo que zozobró tras chocar contra un iceberg.*

naufragar Hundirse un barco y las personas que iban en él. *Las personas que naufragaron vivieron en una isla desierta hasta que los rescataron.*

volcar Darse la vuelta una cosa, de forma que se caiga lo que estaba dentro de ella. *Volcó la carretilla y se cayeron los ladrillos.*

hundirse Irse metiendo una persona o cosa en un líquido o en algo blando hasta quedar cubierto. *El corcho no se hunde en el agua.*

Índice

Índice

Índice

Índice

a b c d

i k l m

r s t u